同题散文经典

陈子善 蔡翔 ◎ 编

我的祖母之死
死后

徐志摩 鲁迅 等 ◎ 著

人民文学出版社

图书在版编目(CIP)数据

我的祖母之死 死后/徐志摩等著;陈子善,蔡翔编.
—北京:人民文学出版社,2017
(同题散文经典)
ISBN 978-7-02-012587-6

Ⅰ.①我… Ⅱ.①徐… ②陈… ③蔡… Ⅲ.①散文集-中国-现代②散文集-中国-当代 Ⅳ.①I266

中国版本图书馆 CIP 数据核字(2017)第 068899 号

责任编辑:叶显林 尚 飞
装帧设计:李 佳

出版发行 人民文学出版社
社　　址 北京市朝内大街 166 号
邮政编码 100705
网　　址 http://www.rw-cn.com

印　　刷 山东德州新华印务有限责任公司
经　　销 全国新华书店等

开　　本 890 毫米×1240 毫米 1/32
印　　张 6.75
插　　页 2
字　　数 140 千字
版　　次 2007 年 12 月北京第 1 版
印　　次 2017 年 7 月第 1 次印刷

书　　号 978-7-02-012587-6
定　　价 32.00 元

如有印装质量问题,请与本社图书销售中心调换。电话:010-65233595

编辑例言

中国素来是散文大国,古之文章,已传唱千世。而至现代,散文再度勃兴,名篇佳作,亦不胜枚举。散文一体,论者尽有不同解释,但涉及风格之丰富多样,语言之精湛凝练,名家又皆首肯之。因此,在时下"图像时代"或曰"速食文化"的阅读气氛中,重读散文经典,便又有了感觉母语魅力的意义。

本着这样的心愿,我们对中国现当代的散文名篇进行了重新的分类编选。比如,春、夏、秋、冬,比如风、花、雪、月等等。这样的分类编选,可能会被时贤议为机械,但其好处却在于每册的内容相对集中,似乎也更方便一般读者的阅读。

这套丛书将分批编选出版,并冠之以不同名称。选文中一些现代作家的行文习惯和用词可能与当下的规范不一致,为尊重历史原貌,一律不予更动。考虑到丛书主要面向一般读者,选文不再注明出处。由于编选者识见有限,挂一漏万在所难免,因此,遗珠之憾也将存在。这些都只能在编选过程中逐步弥补,敬请读者诸君多多指教。

目录

死后 ………………… 鲁　迅 1
死之默想 ……………… 周作人 5
"无限之生"的界线 …… 冰　心 8
人死观 ………………… 梁遇春 12
忘形 …………………… 冯　至 18
了生死 ………………… 梁实秋 21
论不免一死 …………… 林语堂 24
关于死的反思 ………… 萧　乾 29
说死以及自杀情死之类 … 郁达夫 35
死的联想 ……………… 孟东篱 39
死的智慧 ……………… 蒋子龙 50
与灵魂约会 …………… 张　洁 53
渡向彼岸 ……………… 舒　婷 55

三死 …………………… 郑振铎 61
悲惨的余剩 …………… 川　岛 65
看坟人 ………………… 李健吾 68

死

劳生之舟	师　陀	72
生死	柯　灵	77
三过鬼门关	萧　乾	79
死亡，你不要骄傲	余光中	84
伤逝	台静农	90
名人之死	残　雪	92

最后的一天	许广平	99
给亡妇	朱自清	105
怀念萧珊	巴　金	110
祖父死了的时候	萧　红	124
我的祖母之死	徐志摩	128
不死	孙福熙	143
不死鸟	三　毛	150
哭小弟	宗　璞	152

我对于丧礼的改革	胡　适	159
冥屋	茅　盾	172
山村的墓碣	冯　至	174
身后事该怎么办？	廖沫沙	177
送葬的行列	袁　鹰	180
遗嘱	黄苗子	184

安乐死断想 .... 史铁生 188
死·讣文·墓碑 .... 吴鲁芹 195
酒铺关门,我就走 .... 刘绍铭 202

死后

◎鲁迅

我梦见自己死在道路上。

这是那里,我怎么到这里来,怎么死的,这些事我全不明白。总之,待到我自己知道已经死掉的时候,就已经死在那里了。

听到几声喜鹊叫,接着是一阵乌老鸦。空气很清爽,——虽然也带些土气息,——大约正当黎明时候罢。我想睁开眼睛来,他却丝毫也不动,简直不像是我的眼睛;于是想抬手,也一样。

恐怖的利镞忽然穿透我的心了。在我生存时,曾经玩笑地设想:假使一个人的死亡,只是运动神经的废灭,而知觉还在,那就比全死了更可怕。谁知道我的预想竟的中了,我自己就在证实这预想。

听到脚步声,走路的罢。一辆独轮车从我的头边推过,大约是重载的,轧轧地叫得人心烦,还有些牙齿齼。很觉得满眼绯红,一定是太阳上来了。那么,我的脸是朝东的。但那都没有什么关系。切切嚓嚓的人声,看热闹的。他们踹起黄土来,飞进我的鼻孔,使我想打喷嚏了,但终于没有打,仅有想打的心。

陆陆续续地又是脚步声,都到近旁就停下,还有更多的低语声:看的人多起来了。我忽然很想听听他们的议论。但同时想,我生存时说的什么批评不值一笑的话,大概是违心之论

罢:才死,就露了破绽了。然而还是听;然而毕竟得不到结论,归纳起来不过是这样——

"死了?……"

"嗡。——这……"

"哼!……"

"喷。……唉!……"

我十分高兴,因为始终没有听到一个熟识的声音。否则,或者害得他们伤心;或则要使他们快意;或则要使他们加添些饭后闲谈的材料,多破费宝贵的工夫;这都会使我很抱歉。现在谁也看不见,就是谁也不受影响。好了,总算对得起人了!

但是,大约是一个蚂蚁,在我的脊梁上爬着,痒痒的。我一点也不能动,已经没有除去他的能力了;倘在平时,只将身子一扭,就能使他退避。而且,大腿上又爬着一个哩!你们是做什么的?虫豸!?

事情可更坏了:嗡的一声,就有一个青蝇停在我的颧骨上,走了几步,又一飞,开口便舐我的鼻尖。我懊恼地想:足下,我不是什么伟人,你无须到我身上来寻做论的材料……但是不能说出来。他却从鼻尖跑下,又用冷舌头来舐我的嘴唇了,不知道可是表示亲爱。还有几个则聚在眉毛上,跨一步,我的毛根就一摇。实在使我烦厌得不堪,——不堪之至。

忽然,一阵风,一片东西从上面盖下来,他们就一同飞开了,临走时还说——

"惜哉!……"

我愤怒得几乎昏厥过去。

木材摔在地上的钝重的声音同着地面的震动,使我忽然清醒,前额上感着芦席的条纹。但那芦席就被掀去了,又立刻感到了日光的灼热。还听得有人说——

"怎么要死在这里?……"

这声音离我很近,他正弯着腰罢。但人应该死在哪里呢?我先前以为人在地上虽没有任意生存的权利,却总有任意死掉的权利的。现在才知道并不然,也很难适合人们的公意。可惜我久没了纸笔;即有也不能写,而且即使写了也没有地方发表了。只好就这样地抛开。

有人来抬我,也不知道是谁。听到刀鞘声,还有巡警在这里罢,在我所不应该"死在这里"的这里。我被翻了几个转身,便觉得向上一举,又往下一沉;又听得盖了盖,钉着钉。但是,奇怪,只钉了两个。难道这里的棺材钉,是只钉两个的么?

我想:这回是六面碰壁,外加钉子。真是完全失败,呜呼哀哉了!……

"气闷!……"我又想。

然而我其实却比先前已经宁静得多,虽然知不清埋了没有。在手背上触到草席的条纹,觉得这尸衾倒也不恶。只不知道是谁给我化钱的,可惜!但是,可恶,收敛的小子们!我背后的小衫的一角皱起来了,他们并不给我拉平,现在抵得我很难受。你们以为死人无知,做事就这样地草率么?哈哈!

我的身体似乎比活的时候要重得多,所以压着衣皱便格外的不舒服。但我想,不久就可以习惯的;或者就要腐烂,不至于再有什么大麻烦。此刻还不如静静地静着想。

"您好?您死了么?"

是一个颇为耳熟的声音。睁眼看时,却是勃古斋旧书铺的跑外的小伙计。不见约有二十多年了,倒还是那一副老样子。我又看看六面的壁,委实太毛糙,简直毫没有加过一点修刮,锯绒还是毛觥觥的。

"那不碍事,那不要紧。"他说,一面打开暗蓝色布的包裹来。"这是明板《公羊传》,嘉靖黑口本,给您送来了。您留下它罢。这是……"

"你!"我诧异地看定他的眼睛,说"你莫非真正胡涂了?你看我这模样,还要看什么明板?……"

"那可以看,那不碍事。"

我即刻闭上眼睛,因为对他很烦厌。停了一会,没有声息,他大约走了。但是似乎一个蚂蚁又在脖子上爬起来,终于爬到脸上,只绕着眼眶转圈子。

万不料人的思想,是死掉之后也还会变化的。忽而,有一种力将我的心的平安冲破;同时,许多梦也都做在眼前了。几个朋友祝我安乐,几个仇敌祝我灭亡。我却总是既不安乐,也不灭亡地不上不下地生活下来,都不能副任何一面的期望。现在又影一般死掉了,连仇敌也不使知道,不肯赠给他们一点惠而不费的欢欣……

我觉得在快意中要哭出来。这大概是我死后第一次的哭。

然而终于也没有眼泪流下;只看见眼前仿佛有火花一闪,我于是坐了起来。

1925年7月12日

死之默想

◎周作人

四世纪时希腊厌世诗人巴拉达思作有一首小诗道：

(Polla laleis, anthrope-Palladas)

你太饶舌了，人呵，不久将睡在地下；

住口罢，你生存时且思索那死。

这是很有意思的话。关于死的问题，我无事时也曾默想过(但不坐在树下，大抵是在车上)，可是想不出什么来，——这或者因为我是个"乐天的诗人"的缘故吧。但其实我何尝一定崇拜死，有如曹慕管君，不过我不很能够感到死之神秘，所以不觉得有思索十日十夜之必要，于形而上的方面也就不能有所饶舌了。

窃察世人怕死的原因，自有种种不同，"以愚观之"可以定为三项，其一是怕死时的苦痛，其二是舍不得人世的快乐，其三是顾虑家族。苦痛比死还可怕，这是实在的事情。十多年前有一个远房的伯母，十分困苦，在十二月底想投河寻死(我们乡间的河是经冬不冻的)，但是投了下去，她随即走了上来，说是因为水太冷了。有些人要笑她痴也未可知，但这却是真实的人情。倘若有人能够切实保证，诚如某生物学家所说，被猛兽咬死痒苏苏地很是愉快，我想一定有许多人裹粮入山去投身饲饿虎的了。可惜这一层不能担保，有些对于别项已无

留恋的人因此也就不得不稍为踌躇了。

顾虑家族,大约是怕死的原因中之较小者,因为这还有救治的方法。将来如有一日,社会制度稍加改良,除施行善种的节制以外,大家不问老幼可以各尽所能,各取所需,凡平常衣食住,医药教育,均由公给,此上更好的享受再由个人的努力去取得,那么这种顾虑就可以不要,便是夜梦也一定平安得多了。不过我所说的原是空想,实现还不知在几十百千年之后,而且到底未必实现也说不定,那么也终是远水不救近火,没有什么用处。比较确实的办法还是设法发财,也可以救济这个忧虑。为得安闲的死而求发财,倒是很高雅的俗事;只是发财大不容易,不是我们都能做的事,况且天下之富人有了钱便反死不去,则此亦颇有危险也。

人世的快乐自然是很可贪恋的,但这似乎只在青年男女才深切地感到,像我们将近"不惑"的人,尝过了凡人的苦乐。此外别无想做皇帝的野心,也就不觉得还有舍不得的快乐。我现在的快乐只是想在闲时喝一杯清茶,看点新书(虽然近来因为政府替我们储蓄,手头只有买茶的钱),无论他是讲虫鸟的歌唱,或是记贤哲的思想,古今的刻绘,都足以使我感到人生的欣幸。然而朋友来谈天的时候,也就放下书卷,何况"无私神女"(Atropos)的命令呢?我们看路上许多乞丐,都已没有生人乐趣,却是苦苦地要活着,可见快乐未必是怕死的重大原因;或者舍不得人世的苦辛也足以叫人留恋这个尘世罢。讲到他们,实在已是了无牵挂,大可"来去自由",实际却不能如此,倘若不是为了上边所说的原因,一定是因为怕河水比彻骨的北风更冷的缘故了。

对于"不死"的问题,又有什么意见呢?因为少年时当过五六年的水兵,头脑中多少受了唯物论的影响,总觉得造不起"不死"这个观念来,虽然我很喜欢听荒唐的神话。即使照神话故事所讲,那种长生不老的生活我也一点儿都不喜欢。住在冷冰冰的金门玉阶的屋里,吃着五香牛肉一类的麟肝凤脯,天天游手好闲,不在松树下着棋,便同金童玉女厮混,也不见得有什么趣味,况且永远如此,更是单调而且困倦了。又听人说,仙家的时间是与凡人不同的,诗云"山中方七日,世上已千年",所以烂柯山下的六十年在棋边只是半个时辰耳,哪里会有日子太长之感呢?但是由我看来,仙人活了二百万岁也只抵得人间的四十春秋,这样浪费时间无神实际的生活,殊不值得费尽了心机去求得它;倘若二百万年后劫波到来,就此溘然,将被五十岁的凡夫所笑。较好一点的还是那西方凤鸟(Phoinix)的办法,活上五百年,便尔蜕去,化为幼凤,这样的轮回倒很好玩的,——可惜他们是只此一家,别人不能仿作。大约我们还只好在这被容许的时光中,就这平凡的境地中,寻得些许的安闲悦乐,即是无上幸福;至于"死后,如何?"的问题,乃是神秘派诗人的领域,我们平凡人对于成仙做鬼都不关心,于此自然就没有什么兴趣了。

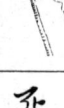

"无限之生"的界线

◎冰心

我独坐在楼廊上,凝望着窗内的屋子。浅绿色的墙壁,赭色的地板,几张椅子和书桌;空沉沉的,被那从绿罩子底下发出来的灯光照着,只觉得凄黯无色。

这屋子,便是宛因和我同住的一间宿舍。课余之暇,我们永远是在这屋里说笑,如今宛因去了,只剩了我一个人了。

她去的那个地方,我不能知道,世人也不能知道,或者她自己也不能知道。然而宛因是死了,我看见她病的,我看见她的躯壳埋在黄土里的,但是这个躯壳能以代表宛因么!

屋子依旧是空沉的,空气依旧是烦闷的,灯光也依旧是惨绿的。我只管坐在窗外,也不是悲伤,也不是悚惧;似乎神经麻木了,再也不能迈步进到屋子里去。

死呵,你是一个破坏者,你是一个大有权威者!世界既然有了生物,为何又有你来摧残他们,限制他们?无论是帝王,是英雄,是……——遇见你,便立刻撇下他一切所有的,屈服在你的权威之下。无论是惊才,绝艳,丰功,伟业,与你接触之后,不过只留下一抔黄土!

我想到这里,只觉得失望,灰心,到了极处!——这样的人生,有什么趣味?纵然抱着极大的愿力,又有什么用处?又有什么结果?到头也不过是归于虚空,不但我是虚空,万物也是虚空。

漆黑的天空里,只有几点闪烁的星光,不住地颤动着。树叶楂楂槭槭地响着。微微的一阵槐花香气,扑到阑边来。

我抬头看着天空,数着星辰,竭力地想慰安自己。我想:——何必为死者难过?何必因为有"死"就难过?人生世上,劳碌辛苦的,想为国家,为社会,谋幸福;似乎是极其壮丽宏大的事业了。然而造物者凭高下视,不过如同一个蚂蚁,辛辛苦苦地,替他同伴驮着粟粒一般。几点的小雨,一阵的微风,就忽然把他渺小之躯,打死,吹飞。他的工程,就算了结。我们人在这大地上,已经是像小蚁微尘一般,何况在这万星团簇,缥缈幽深的太空之内,更是连小蚁微尘都不如了!如此看来,……都不过是昙花泡影,抑制理性,随着他们走去,就完了!何必……

想到这里,我的脑子似乎胀大了,身子也似乎起在空中。勉强定了神,往四围一看:——我依旧坐在阑边,楼外的景物,也一切如故。原来我还没有超越到世外去,我苦痛已极,低着头只有叹息。

一阵衣裳绰绰的声音,仿佛是从树杪下来,——接着有微渺的声音,连连唤道:"冰心,冰心!"我此时昏昏沉沉的,问道:"是谁?是宛因么?"她说:"是的。"我竭力地抬起头来,借着微微的星光,仔细一看,那白衣飘举,荡荡漾漾的,站在我面前的,可不是宛因么!只是她全身上下,显出一种庄严透彻的神情来,又似乎不是从前的宛因了。

我心里益发地昏沉了,不觉似悲似喜地问道:"宛因,你为何又来了?你到底是到哪里去了?"她微笑说:"我不过是越过'无限之生的界线'就是了。"我说:"你不是……"她摇头说:

"什么叫作'死'？我同你依旧是一样地活着,不过你是在界线的这一边,我是在界线的那一边,精神上依旧是结合的。不但我和你是结合的,我们和宇宙间的万物,也是结合的。"

我听了她这几句话,心中模模糊糊的,又像明白,又像不明白。

这时她朗若曙星的眼光,似乎已经历历地看出我心中的癥结,便问说:"在你未生之前,世界上有你没有？在你既死之后,世界上有你没有？"我这时真不明白了,过了一会,忽然灵光一闪,觉得心下光明朗澈,欢欣鼓舞地说:"有,有,无论是生前,是死后,我还是我,'生'和'死'不过都是'无限之生的界线'就是了。"

她微笑说:"你明白了,我再问你,什么叫作'无限之生'？"我说:"'无限之生'就是天国,就是极乐世界。"她说:"这光明神圣的地方,是发现在你生前呢？还是发现在你死后呢？"我说:"既然生前死后都是有我,这天国和极乐世界,就说是现在也有,也可以的。"

她说:"为什么现在世界上,就没有这样的地方呢？"我仿佛应道:"既然我们和万物都是结合的,到了完全结合的时候,便成了天国和极乐世界了,不过现在……"她止住了我的话,又说:"这样说来,天国和极乐世界,不是超出世外的,是不是呢？"我点了一点头。

她停了一会,便说:"我就是你,你就是我,你我就是万物,万物就是太空:是不可分析,不容分析的。这样——人和人中间的爱,人和万物,和太空中间的爱,是昙花么？是泡影么？那些英雄,帝王,杀伐争竞的事业,自然是虚空的了。我们要奔赴到那'完全结合'的那个事业,难道也是虚空的么？去建设'完全结合'的事业的人,难道从造物者看来,是如同小蚁微尘么?"我一句话也说不出来,只含着快乐信仰的珠泪,抬头望着她。

她慢慢地举起手来,轻裾飘扬,那微妙的目光,悠扬着看我,琅琅地说:"万全的爱,无限的结合,是不分生——死——人——物的,无论什么,都不能抑制摧残他,你去罢,——你去奔那'完全结合'的道路罢!"

这时她慢慢地飘了起来,似乎要乘风飞举。我连忙拉住她的衣角说,"我往哪里去呢?那条路在哪里呢?"她指着天边说,"你迎着他走去罢。你看——光明来了!"

轻软的衣裳,从我脸上拂过。慢慢地睁开眼,只见地平线边,漾出万道的霞光,一片的光明莹洁,迎着我射来。我心中充满了快乐,也微微地随她说道:"光明来了!"

1920年9月4日

人死观

◎梁遇春

恍惚前二三年有许多学者热烈地讨论人生观这个问题，后来忽然又都搁笔不说，大概是因为问题已经解决了罢！到底他们的判决词是怎么样，我当时也有些概念，可惜近来心中总是给一个莫明其妙不可思议的烦闷罩着，把学者们拼命争得的真理也忘记了。这么一来，我对于学者们只可面红耳热地认作不足教的蠢货；可是对于我自己也要找些安慰的话，使这彷徨无依黑云包着的空虚的心不至于再加些追悔的负担。人生观中间的一个重要问题不是人生的目的么？可是我们生下来并不是自己情愿的，或者还是万不得已的，所以小孩一落地免不了娇啼几下。既然不是出自我们自己意志要生下来的，我们又怎么能够知道人生的目的呢？湘鄂的土豪劣绅给人拿去游街，他自己是毫无目的，并且他也未必想去明白游街的意义。小河是不得不流自然而然地流着，它自身却什么意义都没有，虽然它也曾带瓣落花到汪洋无边的海里，也曾带爱人的眼泪到他的爱人的眼前。勃浪宁把我们比作大匠轮上滚成的花瓶。我客厅里有一个假康熙彩的大花瓶，我对它发呆地问它的意义几百回，它总是呆呆地站着，说不出一句话来。但是我却知道花瓶的目的同用处。人生的意义，或者只有上帝才晓得吧！还有些半疯不疯的哲学家高唱"人生本无意义，让我们自己做些意义"。梦是随人爱怎么做就怎么做的,不过我想梦最终脱不了是一个梦罢,黄粱不会老煮不熟的。

生不是由我们自己发动的,死却常常是我们自己去找的。自然在世界上多数人是"寿终正寝"的,可是自杀的也不少,或者是因为生活的压迫,也有是怕现在的快乐不能够继续下去而想借死来消灭将来的不幸,像一对夫妇感情极好却双双服毒同尽的(在嫖客娼妓中间更多),这些人都是以口问心,以心问口商量好去找死的。所以死对他们是有意义的,而且他们是看出些死的意义的人。我们既然在人生观这个迷园里走了许久,何妨到人死观来瞧一瞧呢。可惜"君子见其生不忍见其死",所以学者既不摇旗呐喊在前,高唱各种人死观的论调,青年们也无从追随奔走在后。"天下兴亡,匹夫有责",因此我做这部人死观,无非出自抛砖引玉的野心,希望能够动学者的心,对人死观也在切实研究之后,下个放之四海而皆准的判断。

若使生同死是我们的父母——不,我们不这样说,我们要征服自然——若使生同死是我们的子女,那么死一定会努着嘴抱怨我们偏心,只知道"生"不管"死",一心一意都花在生上面。真的,不止我们平常时都是想着生。Hazlitt 死时候说:"好吧!我有过快乐的一生。"(well, I've had a happy life.)他并没想死是怎么一回事。Charlotte Bronte 临终时候还对她的丈夫说:"呵,我现在是不会死的,我会不会吗?上帝不至于分开我们,我们是这么快乐"。(Oh! I am not going to die, am I? He will not seperate us, we have been so happy.)这真是不到黄河心不死。为什么我们这么留恋着生,不肯把死的神秘想一下呢?并且有时就是正在冥想死的伟大,何曾是确实把

死

死的实质拿来咀嚼,无非还是向生方面着想,看一下死对于生的权威。做官做不大,发财发不多,打战打败仗,于是乎叹一口气说"千古英雄同一死!"和"自古皆有死,莫不饮恨而吞声,任他生前何等威风赫赫,死后也是一样地寂寞"。这些话并不是真的对于死有什么了解,实在是怀着嫉妒,心惦着生,说风凉话,解一解怨气。在这里生对死,是借他人之纸笔,发自己之牢骚。死是在那里给人利用做抓爆栗子的猫脚爪,生却嬉皮涎脸地站在旁边受用。让我翻一段 Sir W. Raleigh 在《世界史》(*The History of the World*)里的话来代表普通人对于死的观念罢。

> 只有死才能够使人了解自己,指示给骄傲人看他也不过是个普通人,使他厌恶过去的快乐;他证明富人是个穷光蛋,除拥塞在他口里的沙砾外,什么东西对他都没有意义;当他举起他的镜在绝色美人面前,她们看见承认自己的毛病同腐朽。呵!能够动人,公平同有力的死呀,谁也不能劝服的你能够说服;谁也不敢想做的事,你做了;全世界所诌媚的人,你把他掷在世界以外,看不起他;你曾把人们的一切伟大,骄傲,残忍,雄心集在一块,用小小两个字"躺在这里"盖尽一切。

这里所说的是平常人对于死的意见,不过用伊利沙伯时代文体来写壮丽点,但是我们若使把它细看一番,就知道里头只含了对生之无常同生之无意义的感慨,而对着死国里的消息并没有丝毫透露出来。所以倒不如叫作生之哀辞,比死之冥想还好些。一般人口头里所说关于死的思想,剥蕉抽茧看起来,中间只包了生的意志,哪里是老老实实的人死观呢。

庸人不足论,让我们来看一看沉着声音,两眼渺茫地望着青天的宗教家的话。他们在生之后编了一本《续编》,天堂地狱也不过如此如此。生与死给他们看来好似河岸的风景同水中反映的影景一样,不过映在水中的经过绿水特别具一种缥缈空灵之美。不管他们说的来生是不是镜花水月,但是他们所说死后的情形太似生时,使我们心中有些疑惑。因为若使死真是不过一种演不断的剧中一会的闭幕,等会笛鸣幕开,仍然续演,那么死对于我们绝对不会有这么神秘似的,而幽明之隔,也不至于到现在还没有一线的消息。科学家对死这问题,含糊说了两句不负责任的话,而科学家却常常仍旧安身立命于宗教上面。而宗教家对死又是不敢正视,只用生的现象反映在他们西洋镜,做成八宝楼台。说来说去还在执着人生观,用遁词来敷衍人死观。

还有好多人一说到死就只想将死时候的苦痛。George Gissing 在他的《草堂随笔》(*The Private Papers of Henry Ryrcroft*)说生之停止不能够使他恐怖,在床上久病却使他想起会害怕。当该萨(Caesar)被暗杀前一夕,有人问哪种死法最好,他说"要最仓猝迅速的"(That which should be most sudden!)。疾病苦痛是生的一部分,同死的实质满不相干。以上这两位小窃、军阀说的话还是人生观,并不能对死有什么真了解。

为什么人死观老是不能成立呢?为什么谁一说到死就想起生,由是眼睛注着生噜噜苏苏说一阵遁词,而不抓着死来考究一下呢?约翰生(Johnsor)曾对 Bcswell 说:"我们一生只在想离开死的思想。"(The whole of life is but keeping away the thought of death.)死是这么一个可怕着摸不到的东西,我们

总是设法回避它,或者将生死两个意义混起,做成一种骗自己的幻觉。可是我相信死绝对不是这么简单乏味的东西。Andreyev 是窥得点死的意义的人。他写 Lazarus 来象征死的可怕,写《七个缢死的人》(The seven that were hanged)来表示死对于人心理的影响。虽然这两篇东西我们看着都会害怕,它们中间都有一段新奇耀目的美。Christina Rosutti, Edgar Allan Poe, Ambrose Bierce 同 Lord Dunsang 对着死的本质也有相当的了解,所以他们著作里面说到死常常有种凄凉灰白色的美。有人解释 Andreyev,说他身旁四面都被围墙围着,而在好多墙之外有一个一切墙的墙——那就是死。我相信在这一切墙的墙外面有无限的风光,那里有说不出的好境,想不来的情调。我们对生既然觉得二十四分的单调同乏味,为什么不勇敢地放下一切对生留恋的心思,深深地默想死的滋味。压下一切懦弱无用的恐怖,来对死的本体睁着细看一番。我平常看到骸骨总觉有一种不可名言的痛快,它是这么光着,毫无所怕地站在你面前。我真想抱着它来探一探它的神秘,或者我身里的骨,会同它有共鸣的现象,能够得到一种新的发现。骸骨不过是死宫的门,已经给我们这种无量的欢悦,我们为什么不漫步到宫里,看那千奇百怪的建筑呢。最少我们能够因此遁了生之无聊(ennui)的压迫,De Quincy 只将"猝死""暗杀"……当作艺术看,就现出了一片瑰奇伟丽的境界。何况我们把整个死来默想着呢? 来,让我们这会死的凡人来客观地细玩死的滋味:我们来想死后灵魂不灭,老是这么活下去,没有了期的烦恼;再让我们来细味死后什么都完了,就归到没有了的可哀;永生同灭绝是一个极有趣味的 dilemma,我们尽可和死亲昵着,赞美这个 dilemma 做得这么完美无疵,何必提到死就两对牙齿打战呢？人生观这把戏，我们玩得可厌了，换个花头吧，大家来建设个好好的人死观。

在 Carlyle 的 *The life of John Sterling* 中有一封 Sterling 在病快死时候写给 Carlyle 的信，中间说：

> 它（死）是很奇怪的东西，但是还没有旁观者所觉得的可悲的百分之一。
>
> (It is all very strange, but not one hundredth part so sad as it seems to the standers-by.)

死

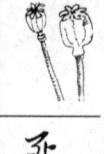

忘形

◎冯至

在外国读书时,曾经买过一本《死者面型集》(这本书和许多旁的书籍一样都封存在北平的书箱里,祝它们平安!),里边是几十幅死者的面型,十之八九是著名的政治家、思想家、艺术家、诗人,人们在他们死后从他们的面上用蜡或石膏脱制下来的。这些面型保留着每个死者在临死时最后一瞬间面上的表情,我们不难从这上边寻索出死者曾经怎样与死痛苦搏斗,归终怎样在死的手下降服。其中有两幅面型使我常常想起,它们融容自得,仿佛与死和解了。一个是巴斯卡尔(Pascal)的,这个十七世纪法国的哲人,在生前他的思想明透得像是结晶体,他死后留给人间的面型也十分明隽,有如智慧的象征,使人们觉得他不但深刻地理解了生,却也聪颖地支配了死。另一个是一个无名少女的,她因为一件不幸的遭遇投入巴黎的赛纳河里,脸上泛出美好的微笑,好像告诉我们说死是温柔的,没有一点恐怖。十年前我曾为她写过一篇散文《赛纳河畔的无名少女》。

人在死时,有的死得很温柔,有的很粗暴,有的很痛苦;有的在最后一瞬还神志清明,有的长时间已昏迷不醒。所以死后的面貌有的像前面所说的两个那样美,有的却显得很庸俗、很痛苦,或是很丑陋,甚至五官都挪动了地位。但是这些面型对我们有一个共同的启示:就是人类应该怎样努力去克制身体的或精神的痛苦，即使在最后一瞬也要保持一些融容的态度。在历史上有多少圣贤在临死时就这样完成他们生命里最完美的时刻。这需要深沉的修养与坚强的意志。我们不能要求人人在死前都能如此自持，但我们却不愿意看见一个健康的人，并不是在死前，而是在生活中偶遇不幸，便弄得忘形失态。忘形，在某种情形下本来是很可爱的，"忘形到尔汝"，正是朋友袒露胸怀的时刻；在恋爱，在战斗，在为某种事业积极努力时，总不免有时要忘形的。这是自然情感的流露，在某瞬间——也只限在某瞬间——是很可贵的。可是在这多变的时代，忽然得意的人很多，忽然失意的人更多；这些忽然得意，忽然失意的人往往爱在大庭广众中忘形，这种忘形可就不但不可贵，而且有些可怜或可憎了。我们常常在比较生疏的聚会里见到这样的人，目空一切，觉得天下事易如反掌，所有人间的痛苦都与他无关；他们不是刚驶着卡车从洋货荟萃的某地方回来，就是刚坐着飞机从人文荟萃的某地方回来，得意的神情无形中泄露出他们以前从未经验过的他们方才所经验的事。不过这也是自然的流露，人在自觉得意时，怎么能勉强做出一副淡漠的神情，好像没有那么一回事呢。人家说这样的人"得意忘形"，含有一些责备或讽刺的意思，略加吟味，这话无非表示这个得意的人没有涵养，轻浮浅薄，而他得意的样子使不得意的人有些难以担当。

　　最引人不快的是失意忘形。得意忘形至多不过使人难以担当，失意忘形却每每是自己表现出丑陋的姿态。忘形的失意者爱把自己当作一个世上最不幸的人，可以例外看待，一般人行为里的节制他也无须遵守；同时他并不自省，他的失意是否这样深，纵使这样深，他更不了解应该怎样担当这样的失意。因此自己的不幸就被看作是人间最大的不幸，在这

最大的不幸的笼罩下，他就为所欲为了。在闾巷间常常看见一群人围着一个失意的女人，她不是坐在一座石墩上乱骂，就是躺在地上打滚；有些多年的朋友，一旦吵起架来，便彼此攻讦阴私，使些不相干的人互相谈讲；更有腰缠累万，一夜纸牌便不翼而飞，沮丧中取出手枪，装腔作势，让许多人围着劝导；也有失恋青年，一夜泥醉，哭哭啼啼，寻死觅活，使朋友们在旁边担心坐守；还有一部分专家学者，一向饮则咖啡，坐则沙发，不料数年来几个筋斗，便自觉是天下最穷的穷人，仿佛连脑子里装着的一些专门知识也跟着贫穷起来，到处诉穷，毫无选择，巴不得从富商大贾的筵席间分得一些残杯冷羹。这种种，丝毫引不起人的同情，只表露出自己的丑态。

岂止引不起人的同情，其实有些人似乎专门喜欢看一个失意人在他们面前忘形。所以满地打滚的女人总是被一群人围绕着，互相攻讦的阴私总是被人欢迎着，以及某某赌场的手枪，某某失恋青年的狂乱，某某学者的诉穷，都会成为不关痛痒的人们谈话的资料。还有更残忍的事，就是犯人临刑前的游街示众，这无异给大家一个好机会，去赏玩一个临刑的人怎样由于神经错乱而忘形失态。那犯人呼叫得越厉害，观众越为喝彩；他若一言不发，观众也就索然无味了。

人之可贵，不在于任情地哭笑，而在于怎样能加深自己的快乐，担当自己的痛苦，那些临死时还能保持优越姿态的人，有如嵇叔夜最后一曲的《广陵散》，我们只有景仰赞叹。但是稍一失意，便忘其所以，做出种种的丑态，实在是对于人的可贵的意志的一个大侮蔑。

1943年10月

了生死

◎梁实秋

信佛的人往往要出家。出家所为何来？据说是为了一大事因缘，那就是要"了生死"。在家修行，其终极目的也是为了要"了生死"。生死是一件事，有生即有死，有死方有生，"了"即是"了断"之意。生死流转，循环不已，是为轮回，人在轮回之中，纵不堕入恶趣，生老病死四苦煎熬亦无乐趣可言。所以信佛的人要了生死，超出轮回，证无生法忍。出家不过是一个手段，习静也不过是一个手段。

但是生死果然能够了断么？我常想，生不知所从来，死不知何处去，生非甘心，死非情愿，所谓人生只是生死之间短短的一橛。这种看法正是佛家所说"分段苦"。我们所能实际了解的也正是这样。波斯诗人峨谟伽耶姆的四行诗恰好说出了我们的感觉：

　　Into this universe, and why not knowing,
　　Nor whence, like water willy-nilly flowing;
　　And out of it, as wind along the waste,
　　I know not whither willy-nilly blowing.

　　不知为什么，亦不知来自何方，
　　就来到这世界，像水之不自主地流；

> 而且离了这世界,不知向哪里去,
> 像风在原野,不自主地吹。

"我来如流水,去如风",这是诗人对人生的体会。所谓生死,不了断亦自然了断,我们是无能为力的。我们来到这世界,并未经我们同意,我们离开这世界,也将不经我们同意。我们是被动的。

人死了之后是不是万事皆空呢?死了之后是不是还有生活呢?死了之后是不是还有轮回呢?我只能说不知道。使哈姆雷特踌躇不决的也正是这一种怀疑。按照佛家的学说,"断灭相"绝非正知解。一切的宗教都强调死后的生活,佛教则特别强调轮回。我看世间一切有情,是有一个新陈代谢的法则,是有遗传嬗递的迹象,人恐怕也不是例外,长江后浪推前浪,一代新人代旧人,如是而已。又看佛书记载轮回的故事,大抵荒诞不经,可供谈助,兼资劝世,是否真有其事殆不可考。如果轮回之说尚难证实,则所谓了生死之说也只是可望不可即的一个理想了。

我承认佛家了生死之说是一崇高理想。为了希望达到这个理想,佛教徒制定许多戒律,所谓根本五戒,沙弥十戒,比丘二百五十戒,这还都是所谓"事戒",菩萨十重四十八轻戒之"性戒"尚不在内。这些戒律都是要我们在此生此世来身体力行的。能彻底实行戒律的人方有希望达到"外息诸缘,内心无喘"的境界。只有切实地克制情欲,方能逐渐地做到"情枯智讫"的功夫。所有的宗教无不强调克己的修养,斩断情根,裂破俗网,然后才能湛然寂静,明心见性。就是佛教所斥为外道的种种苦行,也无非是戒的意思,不过做得过分了些。中古基督教也有许多不近人情的苦修方法。凡是宗教都是要人收敛内心截除欲念。就是伦理的哲学家,也无不倡导多多少少的克己的苦行。折磨肉体,以解放心灵,这道理是可以理解的。但是以爱根为生死之源,而且自无始以来因积业而生死流转,非斩断爱根无以了生死,这一番道理便比较地难以实证了。此生此世持戒,此生此世受福,死后如何,来世如何,便渺茫难言了。我对于在家修行的和出家修行的人们有无上的敬意。由于他们的参禅看教,福慧双修,我不怀疑他们有在此生此世证无生法忍的可能,但是离开此生此世之后是否即能往生净土,我很怀疑。这净土,像其他的被人描写过的天堂一样,未必存在。如果它是存在,只是存在于我们的心里。

西方斯多亚派哲学家所谓个人的灵魂于死后重复融合到宇宙的灵魂里去,其种种信念也无非是要人于临死之际不生恐惧,那说法虽然简陋,却是不落言筌。蒙田说:"学习哲学即是学习如何去死。"如果了生死即是了解生死之谜,从而获致大智大勇,心地光明,无所恐惧,我相信那是可以办到的。所以在我的心目中,宗教家乃是最富理想而又最重实践的哲学家。至于了断生死之说,则我自惭劣钝,目前只能存疑。

论不免一死

◎林语堂

　　因为我们有这么个会死的身体,以至于遇到下面一些不可逃避的后果:第一,我们都不免一死;第二,我们都有一个肚子;第三,我们有强壮的肌肉;第四,我们都有一颗喜新厌旧的心。这些事实各有它根本的特质,所以对于人类文明有很重要的影响。因为这种现象太明显了,所以我们反而不会想起它。我们如果不把这些后果看清楚,便不能认识我们自己和我们的文明。

　　人类无论贵贱,身躯总是五六英尺高,寿命总是五六十岁:我疑惑这世间的一切民主政治、诗歌和哲学是否都是以上帝所定的这个事实为出发点的。大致说来,这种办法颇为妥当。我们的身体长得恰到好处,不太高、也不太低。至少我对于我这个五英尺四英寸之躯是很满意的。同时五六十年在我看来已是够悠长的时期;事实上五六十年便是两三个世代了。依造物主的安排方法,当我们呱呱坠地后,一些年高的祖父即在相当时期内死掉。当我们自己做祖父的时候,我们看见另外的小婴儿出世了。看起来,这办法真是再好也没有。这里的整个哲学便是依据下面的这句中国俗语"家有千顷良田,只睡五尺高床"。即使是一个国王,他的床,似乎不需超过七尺,而且一到晚上,他也非到那边去躺着不可。所以我是跟国王一样幸福的。无论这个人怎么样地富裕,但能超过《圣经》中所说的七十年的限度的,就不多见。活到七十岁,在中国便称为"古稀",因为中国有一句诗:"人生七十古来稀。"

关于财富,也是如此。我们在这生命中人人有份,但没有一个人握着全部的抵押权。因此我们对于人生可以抱着比较轻快随便的态度:我们不是这个尘世的永久房客,而是过路的旅客。地主、佃户,都是一样的旅客。这种观念减弱了"地主"一词的意义。没有一个人能实在地说,他拥有一所房子或一片田地。一位中国诗人说得好:

苍田青山无限好,前人耕耘后人收;
寄语后人且莫喜,更有后人乐逍遥!

人类很少能够体念到死的平等意义。世间假如没有死,那么即使是圣海伦,那在拿破仑看来也会觉得毫不在乎,而欧洲将不知要变成个什么样子。世间如果真没有死,我们便没有英雄豪杰的传记,就是有的话,作者也一定会有一种较不宽恕、较无同情心的态度。我们宽恕世界的一切伟人,因为他们是死了。他们一死,我们便觉得已和他们消灭了仇恨。每个葬礼的行列都似有着一面旗帜,上边写着"人类平等"的字样。万里长城的建造者、专制暴君秦始皇焚书坑儒,制定"腹诽"处死的法律。中国人民在下面那首讲到秦始皇之死的歌谣里,表现着多么伟大的生之欢乐啊!

秦始皇,何强梁!
开吾户,据吾床。
饮吾酒,唾吾浆。
餐吾饭,以为粮。

死

张吾弓,射东墙。

前至沙丘当灭亡!

人类喜剧的意识,与诗歌与哲学的资料,大都是如此而产生的。能见到死亡的人,也能见到人类喜剧的意识,于是他很迅速地变成诗人了。莎士比亚写哈姆雷特寻找亚历山大大帝的高贵残骸遗灰,"后来他发现这灰土也被人家拿去塞一个啤酒桶的漏洞"。"亚历山大死了,亚历山大葬了,亚历山大变成尘土了,我们拿尘土来做黏土;为什么不可以去塞一个啤酒桶的漏洞呢?"莎士比亚写这段文字时,已经变成一个深刻的诗人了。莎士比亚使李却王二世谈到坟墓、虫儿、墓志铭,谈到皇帝死后,虫儿在他的头颅中也玩着朝廷上的滑稽剧,又谈到"有一个购买田地的大买主,经过法令、具结、罚金、双重证据,然后收回,结果他虽花了如许罚金,但仍变成一个良好的头颅满装着精致的尘土"。莎士比亚在这种地方即表现着最优越的喜剧意识。奥玛·开俨(Omar Khayyam,十世纪波斯诗人)及中国的贾凫西(别名木皮散人,一位隐居的中国诗人),都是从死亡的意识上获得他们的诙谐心情,以及对历史的诙谐解释。他们以那些在皇帝的坟墓里住着的狐狸来借题发挥。庄子的全部哲学,也是基于他对于一个骷髅的言论。中国的哲学到庄子的时代,才第一次蕴含着深刻的理论和幽默的成分:

庄子之楚,见空骷髅,髐然有形,撽以马捶,因而问之,曰:"夫子贪生失理,而为此乎?将子有亡国之事,斧钺之诛,而为此乎?将子有不善之行,愧遗父母妻子之丑,而为此乎?将子有冻馁之患而为此乎?将子之春秋,故及此乎?"于是语卒,援骷髅,枕而卧……

庄子妻死，惠子吊子，庄子则方箕踞鼓盆而歌。惠子曰："与人居，长子、老、身死，不哭，亦足矣，又鼓盆而歌，不亦甚乎？"

庄子曰："不然。是其始死也，我独何能无慨然，察其始而本无生，非徒无生也而本无形，非徒无形也而本无气。杂乎芒芴之间，变而有气，气变而有形，形变而有生，今又变而之死，是相与为春秋夏冬四时行也。人且偃然寝于巨室，而我嗷嗷然随而哭之，自以为不通乎命，故止也。"

当我们承认人类不免一死的时候，当我们意识到时间消逝的时候，诗歌和哲学才会产生出来。这种时间消逝的意识是藏在中西一切诗歌的背面的——人生本是一场梦。我们正如划船在一个落日余晖反照的明朗下午，沿着河划去；花不常好，月不常圆，人类生命也随着在动植物界的行列中永久向前走着，出生、长成、死亡，把空位又让给别人。等到人类看透了这尘世的空虚时，方才开始觉悟起来。庄子说，有一次做个梦，梦见自己变成蝴蝶，他也觉得能够展开翅膀来飞翔，好像一切都是真的，可是当他醒来时，他觉得他是真实的庄子。但是后来，他陷入颇滑稽的沉思中，他不知道到底是庄子在梦做蝴蝶，还是一只蝴蝶在梦做庄子。所以人生真是一场梦，人类活像一个旅客，乘在船上，沿着永恒的时间之河驶去。在某一地方上船，在另一地方上岸，好让给其他河边等候上船的旅客。假如我们不以为人生实是一场梦，或是过路的旅客所走的一段旅程，或是一个连演员自己也不知道是在做戏的舞台，那么，人生的诗歌连一半也不会存在了。一个名叫刘达生的中国学者在给他朋友的信中写着：

死

世间极认真事,曰做官;极虚幻事,曰做戏;而弟曰愚甚。每于场上遇见歌哭笑骂,打诨插科,便确认为真实;不在所打扮古人,而在此扮古人之戏子。——俱有父母妻儿,——俱要养父母活妻儿,——俱靠歌哭笑骂,打诨插科去养父母活妻儿,此戏子乃真古人也。又每至于顶冠束带,装模作样之际,俨然自道一真官;天下亦无一人疑我为戏子者!正不知打恭看坐,欢颜笑口,与夫作色正容,凛莫敢犯之官人,实即此养父母活妻儿,歌哭笑骂,打诨插科,假扮之戏子耳!乃拿定一戏场之戏目,戏本戏腔,至五脏六腑,全为戏用,而自亦不觉为真戏子,悲夫!

关于死的反思
——兼为之唱一赞歌

◎萧乾

死对我并不陌生。还在三四岁上,我就见过两次死人:一回是我三叔,另一回是我那位卖烤白薯的舅舅。印象中,三叔是坐在一张凳子上咽的气。他的头好像剃得精光,歪倚在妌妌胸前。妌妌一边摆弄他的头,一边颤声地责问:"你就这么狠心把我们娘儿几个丢下啦!"接着,那脑袋就耷拉下来了。后来,每逢走过剃头挑子,见到有人坐在那里剃头,我就总想起三叔。舅舅死得可没那么痛快。记得他是双脚先肿的。舅母泪汪汪地对我妈说:"男怕穿靴,女怕戴帽。我看他是没救了。"果然,没几天他就蹬了腿儿。

真正感到死亡的沉痛,是当我失去自己妈妈的那个黄昏。那天恰好是我生平第一次挣钱——地毯房发工资。正如我在《落日》中所描绘的,那天一大早上工时,我就有了不祥的预感。妈一宿浑身烧得滚烫,目光呆滞,已经不大能言声儿了。白天干活我老发愣。发工资时,洋老板刚好把我那份给忘了。我好费了一番周折才拿到那一块五毛钱。我一口气就跑到北新桥头,胡乱给她买了一蒲包干鲜果品。赶回去时,她已经双眼紧闭,神志迷糊,在那里捯气儿哪。我硬往她嘴里灌了点荔枝汁子。她是含着我挣来的一牙苹果断的气。

死

顿时我就像从万丈悬崖跌下。入殓时，有人把我抱到一只小凳子上，我喊了她最后一声"妈"——亲友们还一再叮嘱我可不能把泪滴在她身上。在墓地上，又是我往坟坑里抓的第一把土。离开墓地，我频频回首：她就已经成为一个尖尖的土堆了。从那以后，我就开始孤身在茫茫人海中漂浮。

我的青年时期大部分是在战争中度过的，死人还是见了不少。"八·一三"事变时，上海大世界和先施公司后身掉了两次炸弹，我都恰好在旁边。我命硬，没给炸着。可我亲眼看到一辆辆大卡车把血淋淋的尸体拉走。伦敦的大轰炸就更不用说了。

死究竟是咋回事？咱们这个民族讲求实际，不喜欢在没有边际的事上去费脑筋。"未知生焉知死！"十分干脆。英国早期诗人约翰·邓恩曾说："人之一生是从一种死亡过渡到另一种死亡。"这倒有点像庄子的"生也死之徒，死也生之始"，都把生死看作连环套。

文学作品中，死亡往往是同恐怖联系在一起的。它不是深渊，就是幽谷。但丁的《神曲》与密尔顿的《失乐园》中的地狱同样吓人。英国作家中，还是哲人培根来得健康。他认为死亡并不比碰伤个指头更为痛苦，而且人类许多感情都足以压倒或战胜死亡。"仇隙压倒死亡，爱情蔑视死亡，荣誉感使人献身，巨大的哀痛使人'扑向死亡'。"他蔑视那些还没死就老在心里嘀咕死亡的人，认为那是软弱怯懦，并引用朱维诺的话说，死亡是大自然赐给人类的恩惠之一，它同生命一样，都是自然的产物。"人生最美的挽歌莫过于当你在一种有价值的事业中度过了一生。"这与司马迁的泰山与鸿毛倒有些异曲同工之妙。

死亡,甚至死的念头,一向离我很远。第一次想到死是在一九三〇年的夏天。其实,那也只在脑际闪了一下。那是当《梦之谷》中的"盈"失踪之后,我孤身一人坐了六天六夜的海船,经上海、塘沽回到北京的那次。那六天我不停地在甲板上徘徊,海浪朝我不断龇着白牙。作为统舱客,夜晚我就睡在甲板上。我确实冒出过纵身跳下去的念头。挽住我的可并不是什么崇高的理想。我只是想,妈妈自己出去佣工把我拉扯这么大,我轻生可对不起她。我又是个独子,这就仿佛非同一般。其实,归根结底,还是我对生命有着执着的爱,那远远超出死亡对我的诱惑。

只有在一九六六年的仲夏,死才第一次对我显得比生更为美丽,因为那样我就可以逃脱无缘无故的侮辱与折磨。坐在牛棚里,有一阵子我成天都在琢磨着各种死法。我还总想死个周全,妥善,不能拖泥带水。首先就是不能牵累家人。为此,我打了多少遍腹稿,才写出那几百字无懈可击的遗嘱。我还要确保死就死个干脆,绝不可没死成反而落个残疾。我甚至还想死个舒服。所以最初我想投河自尽:两口水咽下去,就人事不省了。那天下午我骑车到自己熟稔的青年湖去,可那里满是戴红箍的。我也曾想从五层楼往下跳,并且还勘察过——下面倒是洋灰地,但我仍然不放心。所以那晚我终于采取了双重保险的死法:先吞下一整瓶安眠药,再去触电。我怕家人因救我而触电,所以还特意搬出孩子们写作业的小黑板,用粉笔写上"有电!"两个大字,我害怕临时对自己下不了手,就先灌下半瓶二锅头才吞安眠药的。没等我扎到水缸里去触电,就倒下失掉了知觉。

我真有一副结实的胃!也谢谢隆福医院那位大夫。十二

死

个小时以后,我又坐在出版社食堂里啃起馒头了。对于又重返人世,我感到庆幸,尽管周围的"红色恐怖"没有什么改变。我太热爱生活了,那次自尽是最大的失误。我远远地朝着饭厅另一端也在监视之下、可望而不可即的洁若发誓:我再也不寻死了。

从一九六六年至今,又快三十年了。我越活越欢势,尤其当我记起自己这条命——这段辰光,真正是白白捡来的。当年,隆福医院大夫满可以不收我这个"阶级敌人",勒令那辆平板三轮把我拉走了事。那时,这样做还最合乎立场鲜明的标准。即使勉强收下,也尽可以马马虎虎,敷衍了事,没有人会为一个"阶级敌人"给自己找麻烦。然而那位正直的大夫却收下了我。当然,他(她)只好在我的病历上写下了"右派畏罪自杀"几个字(我是后来看到的)。这是必要的自卫措施。但是他(她)认真地为我洗了胃,洗得干干净净。

人在一场假死之后,对于生与死有了崭新的认识。从此,它使我正确地面对人生了。死,这个终必到来的前景,使我看透了许多,懂得生活中什么是可珍贵的,什么是粪土;什么持久,什么是过眼浮云。我再也不是雾里看花了,死亡使生命对我更成为透明的了。

死亡对我还成为一个巨大的鞭策力量。所以一九七九年重新获得艺术生命之后,我才对自己发誓要"跑好人生这最后一圈"。"最后"二字就意味我对待死亡的坦荡胸怀。我清醒地知道剩下的时间不会很长了,我并不把死看作深渊或幽谷。它只不过是运动场上所有跑将必然到达的终点,也即是天下没有不散的筵席。所以在医院里散步每走过太平间,我一点也不胆怯。两次动全身麻醉的大手术,我都是微笑着被推入手术室的。心里想,这回也许是终点,也许还不是。及至开完刀,人又活过来之后,我就继续我的跑程。

我的姿势不一定总是好的,有时还难免会偏离了跑线。然而我就像一匹不停蹄的马,使出吃奶的劲头来跑。三十年代上海有过跑狗场,场上,一个电动的兔子在前头飞驰,狗就在后边追。死亡之于我,就如跑道上的电兔子和追在后边的那只狗。

有人会纳闷我何以在写完《未带地图的旅人》之后,还有兴致又写了文学回忆录。一九五七年大小报纸对我连篇累牍地揭批,以及那位顶头上司后来写的《萧乾是个什么人》,对我起了激励作用。我就是要认认真真地交代一下自己。

这十二年,我同洁若真是马不停蹄地爬格子。就连在死亡边缘徘徊的那八个月,肾部插着根橡皮管子,我也没歇手,还是把《培尔·金特》赶译了出来。当时我确实是在跟死亡拼搏,无论如何不愿丢下一部未完成的译稿。是死神促使我奋力把它完成。

我已经好几年没进百货公司了,却热衷于函购药物及医疗器械。我想尽可能延年益寿。每逢出访或去开会,能直直地躺在宾馆大洋瓷澡盆里痛痛快快洗个热水澡,固然是一种有益于健康的享受,我却不愿意为此而搬家,改变目前的平民生活。

我酷爱音乐,但只愿守着陪我多年的双卡半导体,无意添置一套音响设备。奇怪,人一老,对什么用过多年的旧东西都产生了执着的感情。

既然儿女都不急于结婚,我膝下至今没有第三代。但我身边有一簇喊我"萧爷爷"的年轻人。他们不时来看我,我从

他们天真无邪的言谈笑声中,照样也得到温馨的快乐。

死亡的必然性还使我心胸豁达,懂得分辨生活中各种事物的性质和分量,因而对身外之物越看越淡。我经常对自己也对家人说,"什么也带不走!"物质上不论占有多少,荣誉的梯阶不论爬得多高,最终也不过化为一撮骨灰。倒是每听到一支古老而优美的曲子就想:哪怕一生只创作出一宗悦耳、悦目或悦心的什么,能经得起时间的磨损,也不枉此生。在自己的生活位置上尽了力,默默无闻地做了有益于同类的事,撒手归去,也会心安理得。

在跑最后一圈时,死亡这个必将使我与家人永别的前景,还促进了家族中的和睦。由于习惯或对事物想法的差异,紧密生活在一起的家人有时难免会产生一瞬间的不和谐。遇到这种时刻和场合,最有力的提醒就是"咱们还能再相处几年啦!",任何扣子都能在这一前景下,迎刃而解,谁也不愿说日后会懊悔的话,或做那样的事。

怕死,以为人可以永远不死或者死后还能带走什么,都是彻头彻尾的唯心主义。死亡神通广大,它能促使人奋勇前进,又能看透事物本质。我想来想去,唯一的解释就是:死亡的前景最能使人成为唯物主义者,因而也就无所畏惧了。"人只有一辈子好活。"认识了死,才能活得更清醒,劲头更足,更有目标。

愿与天下老人共勉之。

1992年2月5日

说死以及自杀情死之类

◎郁达夫

死是全部的生物必须经过的最后的一重门,但我们人类——尤其是中国人——仿佛对死这一件事情,来得特别地怕,因而在新年里,在喜庆场等地方,大家都不敢提到这一个字,以为不吉。其实我们人类是时时刻刻,日日年年,在那里死下去的,今日之我,并非昨日之我,一刻前之我,当然不是现在的一刻之我了。死,怕它干吗?照英国裴孔(1561—1626)说来,人对死的恐怖,是因见了临终的难过,朋友的悲啼,丧葬的行列,与夫死相的难看等而增加,正如小孩的恐惧黑暗,会因听了大人的传说而增加一样。伟大善良,有作为的人,是不怕死的。裴孔在他那篇论死的文章里,并且还引了许多赛乃喀、该撒、在诺的话在那里,教人不要怕死,教人须做好人,做事业,热心于令名的流传。但我想写这一篇论文的裴孔自身,当伤了风,睡在他朋友家里的冷床之上,到了将死的时候,一定也在那里后悔的,后悔着不该去做那一回冰肉的试验,致受了寒。哲人中间,话虽说得很透辟,年纪虽也活得相当地高,但对于死的恐怖,仍旧是避免不脱,到后来仍要去迷信鬼神的,很多很多。尤其年老的人,怕死更加怕得厉害,这只需读一读高尔基做的托尔斯泰的印象记,就可以晓得这位八十几岁的老先生对死是如何地恐怖了。

死

厌世哲学家爱杜华特·丰·哈尔脱曼,从科学的生物学的研究,而说到了人的不得不死。教人时时刻刻记住,生是偶然,而细胞的崩溃,与肉体的死去,却是千真万确,没有例外的。在这教训里,当然是可以使智者见智,仁者见仁,并不是在说,人横竖是要死的,还不是猫猫虎虎地过去一辈子就算了。反之,因感到了生也有涯,而知也无涯之故,加紧速力去用功做事业的人也不在少数,这原是死对人类的一种积极的贡献。再退一步说,假使中国的各要人,都能想到最后是必有一个死在那里等他的话,那从我们四万万穷苦同胞身上所绞榨去的一百三十万万的公债,及不知几千万万的租税等,都不会变成私人的户头,存到外国银行里去了。人是总有一死的,要昧尽天良,搜括这么许多钱干吗?这岂不是死之一念,对人类的消极贡献?可惜中国人只在怕死,而没有想到死的必不能避免。厌世哲学,从这一方面看来,我倒觉得在中国还有大来提倡的必要。从厌世哲学里,必然要演绎出来的结论,是自杀。善哉,叔本华之言,"自杀何罪?"人之所以比上帝厉害的地方,就在上帝要想自杀,也死不成功(因为神是永生的),而人却可以以他自己的意志,来解决自己的生命。既然入世是苦,生存是空的时候,那自杀也不过是空中之空罢了,罪于何有?吃白食的宣教师们说自杀是罪恶,全系空谈,不通的立法者们,把自杀列入刑条,欲对自杀者加以重刑,尤其是滑稽得可笑。一个对死都没有恐惧的人,对于刑律的威胁,还有一点什么恐惧呢?

不过自杀既不是罪恶,而人生总不免一死的话,那直截了当,还不如大家去自杀去罢,倒可以免得许多麻烦。厌世哲学的真义,是不是在这里?这我想不但哈尔脱曼没有说过,就是厌世哲学的老祖宗叔本华也不再那么想的。否则像猴子似的这一位丑奴儿,何必要著他的《想象与观念的世界》,何必要见英国诗人贝郎而吃醋,何必要和他娘去为争财产而涉讼,何必要和一个同居的女裁缝师去打架呢?人之自杀,盖出于不得已也,必定要精神上的苦痛,能胜过死的时候的肉体上的苦痛的时候,才干得了的事情。若同吃茶喝酒一样,自杀是那么便利快乐的话,那受了重重压迫的中国民众,早就个个都去自杀了,谁还愿意去完粮纳税,为几个军阀要人做牛马呢?

快乐的自杀,有是一定有的,猜想起来,大约情死这一件事情,是比较其他的死来得快乐一点。"一声河满子,双泪落君前",还不算情死,绿珠、关盼盼、柳如是等,也算不得情死,至于黄慧如、马振华等,更不是情死了。快乐的情死,由我看来,在想象中出现的,只能算《金瓶梅》里的西门庆,这从肉体的方面着想,大约一定是同喝酒醉杀,跳舞跳杀是一样的结果。其次在史实上出现,而死的时候,男女两人又各感到精神上的快乐的,大约总要算德国的薄命诗人亨利·克拉衣斯脱(Heinrich von Kleist, 1777—1811)和福艾儿夫人亨利爱戴(Frau Henriette Vogel)的情死了。当这快乐的耶稣圣诞节前,且向大家先告个罪儿,让我来把这一出悲壮的大戏剧的结末,详细说一说,权当作这一篇短文的煞尾罢!

克拉衣斯脱不幸,生作了和会向拿破仑低头,会对伐以玛公喀儿·奥古斯脱献媚而做大官的大诗人歌德并世的人。因而潦倒一生,弄得饘粥不全,声名狼藉,倒还是小事,到了一八一一年的时候,他的忧伤郁闷,竟使他对人类对世界的希望完全断绝,成了一个为忧郁症所压倒的病人。正在这前后,他因他朋友亚·弥勒(A. Mueller)的介绍,认识了福艾儿夫人亨利爱戴。她的忧伤郁闷,多病多愁,却正好和克拉衣斯脱并驾齐驱。两人之间,就因互爱音乐的结果,而成了莫逆的挚交。有一天克拉衣斯脱听了她的歌唱之后,觉得这高尚的颂赞歌诗,唱得分外地美丽,他就兴奋着对她说:"多么美丽吓!这是最适合于自杀的时候的。"当时她还不说什么,只默默地对他凝视了一回。后来她又问起他说:"前回的戏言,你记不记得起了?我若要求你将我杀死的时候,你能不食言否?""我克拉衣斯脱是一诺千金的男子汉,哪会食言!"于是一八一一年十一月二十的午后,两个人就快快活活地坐车出了柏林,到了去朴此达姆有三五里远的万岁湖滨(Wansee)。在旅舍里高高兴兴地过了一夜,第二日并且还打发人送信到了城里。便在这翌日的午后,两个人散步到了湖滨的洼处,拍拍的两声,他们的多愁多病的躯壳,就此解脱了。城里的朋友们接到了他们两人合写的很快乐的报告最后消息的信后,急急赶来,他们俩的不幸的灵魂,早就飞到了天国里去了。福艾儿夫人是向天躺着,一弹系从左胸部衣服解开之后穿入,从左肩后穿出的,两只纤手还好好地叠着搁在胸前。克拉衣斯脱是跪在亨利爱戴的面前,一弹系从嘴里打进脑里穿出的。两人的红白相间的面上,笑容都还在那里荡漾着哩!

1932 年 12 月 22 日

死的联想

◎孟东篱

之一

有一天,在人车稀少的大马路上骑小摩托车缓行,想着最近死得缠绵难舍的一个青年作家。虽然难舍,也非舍不行,虽言舍得,也终难神智清清地面对死与舍吧,情之难堪可知。

想着想着,突然想到如果此时背后有人给我一枪,在我刚听到枪声的同时,就轰然崩倒,不知不觉,就此死去,就此没有了我,就此了却了一切生生死死的系念,岂不是幸福得很?可能连痛觉都来不及。

因为人终将一死,既然这死是逃不掉的,怎么死便有很大的讲究了。有人死前很受折磨,拖得年深日久,自己与家人天天要面对自己的死亡;有的人则可以一瞬即过;同一个死,待遇却有天渊之别。

有时会想到甘地,从屋子里出来,向院中等候他的群众合十,这时一个青年,突然走到他面前,把扶持他的孙女推倒在地,对准他的前胸连开三枪。

七十八岁的老人就这样合十跪倒,立时殒去,雪白的衣服

死

印上了鲜红的血。

那样的一个人,他在死的那一刹那想什么?来得及想吗?

我也会想川端康成,老了,生命衰退了,文才衰退了,而渴爱却永未得满足。

他坐在桌前,凝聚神情,然后,突然站起来,走到煤气炉前,把炉子打开,却不燃火,深深地吸气,深深地吸,一直吸到他不会控制自己的呼吸了,颓然倒地。

死时的脸色听说非常好看,因为吸煤气。

我也想到花莲的一个女老师,在太鲁阁峡谷的路上为人照相,取景,取景,向后退,向后退,而后,突然,掉到百公尺深的岩石峡谷中去了。

掉下去的那一刹那是什么感觉,是何等地追恨———生爱恨未完,就此消去!

我总觉得那一掉,是一个永世,一直掉,一直掉,一直掉到现在还没有掉完。

我想到虚云大师,义和团之乱,行脚山东,遇到一个洋兵,拿枪比着他说:

"怕不怕死?"

虚云说:"如果我该死在你手里,就任便吧!"

那洋兵见他神色自若,收枪而去。

我想到唐代的大居士庞蕴和他的女儿灵照。

居士将要死了,就叫他的女儿到屋外去看看时辰,如果到了中午,就要回报。

女儿出去看了看,马上回来报告说,中午了,正好日蚀。

居士出门察看。回来却发觉他那聪明灵慧的女儿灵照,已经坐在他的位置上,合掌先他而去了。

居士笑了笑,说,我的女儿啊,你真敏捷。

于是就把自己的死延缓了七日。

第七日,州牧于公来问候他,居士跟他说:

"但愿那一切'有'的都能看出它的'空'来;要小心不要把那一切原来本是'无'的东西看成'实有'啊。"

说完了,就枕在于公的膝上故去了。

我还想到一个和尚,忘了他的名字,也忘了他生在什么时代,忘了在什么书上看过。

他行脚路经一处,正值兵燹,两军对峙待举。他为两边说和,平了这次战事。

似乎因为泄露了天机,他得知自己犯上天条,就说,好哇,那我负责任就是。

他找了一个人问:怎么死最"高竿"?

那人说:坐在那里,说死就死;更高竿的是,立着,说亡就亡。

那,他说,好哇,我就倒立着死。

于是他倒立起来,不久就停止呼吸了。

他死了,仍不倒下来;人家要帮他收尸,却怎么也搬不动,好像是深深栽在地上的石碑。于是,来看的人多了,大家都围聚着,啧啧称奇。

一个尼姑经过,拨开众人也来看热闹。一看,竟是她弟

弟。这一下,她生气了,圆瞪杏眼,倒竖柳眉,说:

"你这个混蛋,从小就调皮捣蛋,到现在连死都要弄人!"啪的一个耳光打上去。那尸体就乖乖地倒了下来,任人收去。

之二

晚年的托尔斯泰写过一篇故事,叫"快乐的农夫":国王不快乐,向智者求教,智者说,只要找到一个自认为快乐的人,拿他的衬衫来穿就好了。

于是国王发动了他所有的侍从,到全国各处去找快乐的人,却没有一个自认快乐的。侍从都颓丧而难以交差。

有一个侍从烦恼间于黄昏时刻从森林边走过,在一个破落的小木屋听到里面传出一个感叹的声音,说:

"啊,我好快乐!"

那侍从非常惊奇,走进屋内,看到一个粗壮的农夫,便问他:

"你快乐吗?"

"当然,我快乐。"那农夫说。

"你为什么快乐?"

"因为我今天把我今天的工作做完了,我可以好好地睡觉了。"

那侍从如获至宝,立刻问:

"那么,你的衬衫在哪里?"

"衬衫?"农夫不好意思地说,"我没有衬衫啊!"

原来他是赤膊的。

我不知道快乐是否真的这么难,但有时我会觉得单纯的满足与快乐——像今天早晨,我醒来,爬出棉纱蚊帐外,看着那干净的蚊帐时,很明白地感到自己几乎像那快乐的农夫。

但那仍是"几乎",因为我的快乐是不彻底的,在那最深最深的底层,在那根部,有一层障,那个障,在那里牢牢地、坚固地铺陈着,像是地层表土下的岩石层。那一层是什么呢?是死。

我很知道一切有生之物都是应该死的,都是必须死的,因为只有死才能使生命生生不息,因之我赞成死,甚至赞美死的"设计"之伟大,我甚至心甘情愿地死,以让位给新来的生命,因为一切新的生命都那么可爱,因为没有新的生命,这世界便窒息了。

我甚至已不像从前的怕死那样怕死,甚至可能也不像从前的怕痛那样怕痛。

我现在的怕死,似乎经过了一些提炼,变得剩下怕死的"精髓"了,那是什么?那是对于心灵的寂灭的恨憾。

人的心,在宇宙中是一个奇异的成绩,灵灵明照着天地日月,感应着一切情意思想,真如一面宇宙中特别发明出来的镜子,日月山川情意都照在里面了。有一日,当肉体的死亡来临,这镜子就随同破灭,灵照将失,感应不存;这其间,我总体会到一种特有的悲哀,悲哀宇宙里丧失了它的某种精华,悲哀这镜子一去永不复回,悲哀这镜子对自己如镜之心的消失所生的怅恨,悲哀这镜子照见自己的生,照见自己的死,照见自己的生死之无助,之美好。

是为这个,无论在这镜子存在的时候多么快乐,仍有一抹阴影不能抹除,不论这镜子照见的多么晴朗,仍有其不透的地方;是为这个,我的快乐中仍有不快,我的肯定中仍有否定,我

的睡眠中仍有噩梦,我在睡前和醒后,总有痴怅面对死亡的时刻;是为这个,我的人生观几乎天天都得从头做起,因为面对死亡,必须时时矫正自己的步伐,确定它的价值与稳定性。

　　我知道,有人老早就参透了死,说生死不二等等,但我没有参悟,我没有解脱。在我看,生就是有,死就是无,我不相信我的亲人在死以后还在我的身边,安慰我并得我的安慰;我也不相信我死后还有我,还可以看到天地日月,可以看到孩子亲人,也让他们得我安慰。

　　我认为死是悲哀的,无奈的,无助的。拿它一点办法都没有。

　　因此,在死的面前我感到绝望,因而在这绝望的面前,我的生,我亲戚朋友的生,以及一切世人的生,以及一切生物的生,都有着一种哀恻的色彩,好像是烨白的日光照不透的,隐隐存在着。

　　当然,为这个,对生命也有一层特殊的珍惜,把酒言欢,霍尔消散。

　　我常常会想到我要怎样死法。如果有一天,背后突然有黑枪,把我一枪打个正准,应声倒地,了无知觉,我认为那是幸福的,为此,我要预先感谢那恩人。

　　我也想过,如果我得了癌症,是治还是不治? 因为我看过几个治而仍死的人,那死得太可怜,太可悲,太凌迟了;我也看过一个山地老太太,得了肝癌,没有去治,大概死得并不那么凄惨——因为最后一个月我没有去看她,但在一个月前,她的人仍旧算干净的,而我相信,绝症在没有药物的攻守防战之下,会让人死得单纯得多。

　　我也想过,我老了,要不要像川端康成那样吸煤气以死。

我也跟家人说过,如果我脑溢血,绝不可治。

我了解为什么某些人随身携带一点氰化物,必要的时候几秒钟就可以"逃向另一个你找不到的地方"——像《伊甸园东》的女主角一样。

我欣赏古埃及女王克丽佩特娄,在不能接受屈辱的时刻,把手伸入畜着毒蛇的篓子中,几分钟就解决一切。

但我最羡慕的是那能安然受死的人,像面临着持枪的洋兵的虚云大师,像大居士庞蕴同他的女儿灵照。像许多知道自己行将入灭,趺跏而坐,犹谆谆不忘弟子的求佛悟道的大师们。

至于那因救人而泄了天机,犯了天条,自行负责,而选择了最"高竿"的死法,视生死等同儿戏的得道者,他们那种精神的机灵与超脱,足可在茫茫太虚中上下蹦跳,无窒无碍,与宇宙混同为一了。那一种的死,那一种的死生之对待,确乎是生命之极致,说是与日月同光,一点也不为过了。

之三

人类这一种物种在演化的历程中产生了反观能力之后,就见到一切生物的生,与一切生物的死;同时也见到人的生,人的死,包括自己的生,自己的死。由于有了这种反观,遂以一个有生之生,面对着必死的命运,于是正视一切人生的问题。

由于死是一种阈限,必须力求突破,于是有哲学的思索,有宗教的超拔,有文学的挖掘,有艺术的突破。所有的这一切努力,有一个根本的动力在,就是要站到死亡的外边去,不但

死

是想对死亡做一种反观,而且想脱离死亡的封杀与窒息,要像渔网中的鱼一样,游到网的外面。

我相信,如果没有死亡,或人类没有对死亡的反观,就不可能会有对天地的惊惑与疑问,因之也没有哲学与宗教;就没有生之渴切与郁结,因之也没有文学与艺术,即使有,也可能只像鸟雀的歌舞,为爱情而作音乐性的抒发。

如果没有死,一切都可以不那么重要,因之没有悲剧;如果没有对死的反观,一切重要的事物都可能不致随带悒郁哀凄,因之没有悲剧情怀。

而如果没有对死亡的反观与死亡的意识,则死亡只是一种肉体痛苦的过程,而肉体痛苦的过程如果不因反观而导致惊恐与哀伤,则变得单纯而较易忍受。

一个人怎样面对死,大致上可以看出他怎样面对生;而就以一般的情况而言,怎么样的生活也可以导致怎么样的死亡,实则死是生的一部分,是生之累积,是生的仓库,人怎么存,就怎么积。当然,这里所说的不只是个人因素,也包括相当分量的社会因素。

孔子虽然用一句"不知生焉知死"来拒绝讨论死的问题,但一个人怎么样看待自己的死和他怎么样看待自己的生有着绝对的关系。如果他对死以及死的意义看得清,对生就看得清,如果把生死看得开,相信整个人都有一番不同的面貌。

我常常想到十几年前三船敏郎演出的一部日本古装片,当人家把他那一伙人捉到要处死的时候,他静静盘腿坐在地上,一副凛然不为所动的神情,其中还隐约地透着对对方的不屑。他安然地从腰间取出佩用的小刀,一手按着下巴一手刮胡子。

在即使处斩的状况之下,还要把自己的首级刮得尊严像样,这是一种什么心情!活于人间,肯定人的荣辱,而这一肯定已经并垒天地了。

即使连自己的首级也不让邋遢难看,人的尊严便是如此。

有些学者一生讲述人生的大道理,临死的时候却手忙脚乱,呼爹喊娘;或者说,他那死,他那病的本身就死得邋遢,病得邋遢,跟他一生的所言所说比较起来,益发讽刺。

但那不信宗教的怀疑主义大师罗素先生却不一样。他在北京大学演讲的时候,时值天寒,他得了肺炎,送入医院,行将就死,但是他每当从昏迷中醒来的时候,都在跟他的太太或医生或护士开玩笑,害得医生说,他唯一不开玩笑的时候就是他不清醒的时候。

这样一个人,远在异国,不信有神,不信有灵魂,甚至于跟第二任夫人尚未结婚而在蜜月期间,却能对死这样挥洒自如,叫人敬佩无端。

实际上罗素这个怀疑论者,在他宗教的苦难中经历过深彻的翻腾,一悟而至菩萨地,这在他的《我为什么不是基督徒》中已有清楚的见证。观其一生热中于人世的作为,可以不谬,只不过他是一个不知道自己是菩萨的菩萨。

有一只小猫,被遗弃在邻家的屋顶,夜间哀哀而叫。我抱它回来喂养,养了一阵子。有次我们出门,一夜未回,回来后处处找不到它,却发现它在日式房屋后院的屋根下,枯索不动,旁边是一大摊吐出来的东西。

食物中毒了。

死

　　我捏住它的颈背，提到院中有太阳的地方，因为我以为它冷，而屋根太阴。

　　一个钟头以后，我发现它情况更坏，因为太阳的热把它内在的毒蒸发了，扩散了，伸到它每个细胞，而它又严重脱水，连喝水的力气都没有。

　　我赶紧又把它提到前门玄关阴凉处。

　　它趴了一会，歪歪倒倒地站起来，走了几步，到玄关内，但在半路上，它突然对一个小石子好奇起来，伸出已不大灵敏的爪子玩了玩。

　　这一玩，让我相当触动。

　　是这在虚弱痛苦以至于死的境况下，它犹被游戏所吸引——是这里面透露的无限单纯与生生之意惊动了我，感动了我。

　　不久，它抽搐着躺在地上死去。

　　不久以前，我们买了两只由孵卵器孵出来的小白鹅，毛茸茸的两团，随时都要找人，要有人陪，见不到就叫。

　　几天以后，有一只精神开始委靡，小小的肉翅膀垂下来，趴在墙根，也不吃也不叫了。也许是被踩到，也许是小孩用力抓坏了，也许是肠胃病。

　　要救吗？我不会救，救的结果也许使它死得更痛苦，那么，就让它直截承受它的死吧。

　　我把它拿到屋地上。

　　慢慢地从趴着变成侧着，从侧着变成躺着了，眼睛上的帘膜慢慢地像窗帘一样拉起来，又不甘、不肯地打开，还想看着，但那帘膜却自动地老是想关。

呼吸开始沉重,开始慢,胸腔的起伏大;头抬不起来了,瘫在地上,开始呼吸困难,有痰。

突然咯出黏痰来,想挣扎站起,但没有办法。拉了一摊黑黏黏的便。

由于要站起来,一只脚蹬地,因之身子在地上打转,而贴在地上抬不起来的头却横过黑便,眼睛沾到上面了。

我把它挪到另一块地方,仍旧打转,打打停停,呼吸更难,甩头,想把窒息的痰甩出来,没力气了,更难更难,而终至于一伸腿,那小小垂垂的肉翅膀伸直起来,发颤发颤,伸直伸直。

呼吸停顿。

一场死,默然的,独对的,几乎是不惊不怖的,所承受的似乎只是肉体的某种程度的痛苦,窒闷,衰竭。

奇怪的是,这一次,我竟主观地感觉到小鹅的死并不是那般可怕的、"不可忍受的",是这一次使我了解到——或不如说是相信吧——死而不具死亡之意识,并不那么不可忍受,甚至并不那么痛苦。它可能只是一些器官停止摆动。

但那内在的细胞是怎样在协调,怎样在命令,说,我们要停止就停止了呢?生命的细胞是怎样准备它们整体的死且因之个个亦死呢?

死的智慧

◎蒋子龙

美国生物学家刘易斯·托马斯有一天忽然对自己提出了一个问题：他的后院里到处都是松鼠，一年四季在树上和草地上蹿来蹿去，但他从来没有在后院里看到过一只死松鼠。难道它们会不死吗？显然不是，万物都有生有死。这就是说松鼠们是偷着死的，死到了被人看不见的地方。

仿佛是不经意间地这么随便一问，使他以后有了一个重要发现：动物比人类死得自然而聪明，它们绝不像人类那样大哭大闹地张扬死亡，或借着别人的死亡搞排场。动物似乎都有这样的本事，知道自己不行了就找个背人的地方，独个儿静悄悄地死去。即使最大、最招眼的动物，到死的时候也会隐蔽起自己。假如一头大象失检或因意外事故死在明处，象群也绝不会让它留在那儿，它们会把它抬起来，到处走，一直找到一个莫名其妙的适当地方再放下。象群如果遇到遗在明处的同类的骸骨，会有条不紊地一块块捡起来，疏散到临近的大片荒野之中。

这是自然界的奇观。地球上的各种动物加在一起比人类还要多得多，死亡每时每刻都在发生，其数量跟每天早晨、每个春天让人炫目的新生一样多，但我们看到的却并非到处都是面目全非的残肢断臂。假如世界不是这个样子，死亡的事都公开进行,死尸举目可见,那阳世岂不成了阴曹地府?

再看看我们人类吧,最会在死亡上作文章,出大殡,办国丧,甚至为了某种政治目的死后秘不发丧,还可以借死人整活人……皆缘于对死的恐惧。认为死是灾难,是反常,是伤害,是痛苦,是惩罚,是机会,总之是不自然的。有人死了活着的人总要议论纷纷,什么原因,多大年纪,不管真的假的都要感叹惋惜一番。亲的近的还得掉几滴眼泪,实在掉不出泪来也得拉长脸做悲痛状。然后就是送花圈,举行葬礼,安置骨灰,修墓立碑——如果人类继续在死的问题上大搞排场,早晚会有一天,地球上的土地都变成了墓地。

死的伴随物比死本身更令人沮丧和恐惧,一个人的死与其说是他自己的事还不如说是他活着的亲友们的事。就这样人类夸大了对死的恐惧,这源自对死的困惑,把死亡看得过于孤立了。据托马斯的统计,地球上"每年有逾五千万的巨额死亡,在相对悄悄地发生着"。尽管如此,世界人口发展到今天还是有了五十亿之众,倘若自有人类的那一天起就个个长生不死,今天还会有地球人类吗?人类应该为有死这件事而庆幸,是死解放了生。生死,死生,不过往复而已。人知道该死,才懂得该生,平时不该老顾虑死,倒是应该多考虑生。能体味死的平和,就可透彻生的意义,人生就是"至死方休"。

在这一点上最值得推崇的是道家的智慧,最早洞悉了生与死的转换。庄子出生在两千三百多年以前,当他妻子死了以后,他蹲在地上敲着瓦盆唱歌,有人责怪他他还振振有词:想她现在安睡在天地的大房间里,我若在旁边哇哇地哭泣,实在是太不明生命的演变过程了。轮到庄子自己也快要死的时候,弟子们商议要厚葬他,他却拒绝说:我用天地做棺木,日月

做璧玉,星辰做葬珠,万物来送葬,这不是一个很壮观的葬礼吗?还有什么可求的呢?弟子说:我们怕老鹰来吃先生啊!庄子答道:在地上会被老鹰吃,在地下又会被蚂蚁吃,把我从老鹰那里抢过来送给蚂蚁,你们不是太偏心了吗?

既以生为善,又以死为善——现代人反而没有这样的洒脱了。活得越久越不想死,看见别人还活着自己也不愿意死,特别是知道有人永生,就更觉得自己死得冤。其实,世间最平等的事情就是死亡——它一视同仁地对待所有生命,早晚都会轮上,该轮上的时候一定会轮上。

与灵魂约会

◎张洁

　　当年少的姐姐偷偷掀开面纱,看一看"睡"在那儿的奶奶时,死亡于我还是没有印象的风儿,吹过了就没有痕迹。
　　第一次对死亡的记忆,是姐姐的小学同学、我们共同的朋友——那个聪慧、美丽、健康、活泼的优秀女孩的突然离去。我非常非常地伤心,夜深人静的时候一次又一次地突然醒来,望着窗外被路灯映着的天幕,想她。但那年十四岁的我,在大人们的心中还是个什么也不懂的小孩子,又天生不大爱说话,没有人知道我的心思,我只是默默地想她,想她前一天傍晚还和我说着话,鼓励我要大胆、做个坚强的女孩,怎么就一下子倒下去了,再不起来?想沐浴在阳光下的人群中,不再有她的身影;想楼梯的台阶,永远少了她的脚印……十几年之后的今天,穿行繁华的街道,游荡秀美的山野,聆听自然的天籁,我依然会蓦地记起她的面容和最后的却伴我度过人生一个个苦痛时期,而惊痛不已,陷入冥想。人总是不会轻易舍弃心灵的里程碑的,我就这样背负她,让阳光照着,尽情地欢畅于大地、河流、山川。她在我的心田,是恬静地沉睡于十六岁不败的花季。
　　对死亡最最铭心的记忆,是外婆的去世。我第一次经历着亲密深爱的人从病危到回光返照再永远地离我而去,然后躺在那儿,接受花圈、悼词、默哀,最后被灵车送进火堂,相爱

死

的人悲痛欲绝和少着情感牵系的人仪式般地跺脚干号着送行。外婆去时八十出头,是高龄,然开明、知礼、勤俭、乐观、坚强,伴一个大家庭曲折走过来的她,最后长长的日日夜夜,是为病魔纠缠、又坚强忍耐之中熄灭了生命的光热的,这让人想起来就揪心地疼痛,她的过世,留给了我心灵的死结,我像从此搭上了夜行的列车,生活中的许许多多都一点点、一点点地远去……很长很长的时间,这痛楚萦迂着我,我惊惶地睁大眼睛,好怕好怕身边有人,突然地"扑咚",再也听不见我的呼唤。

生命的规则依然不会按照人的想象循环。同事、老师、邻舍,甚至不相识的小小孩,这样的消息依旧没生气地突然在微笑的晴空炸响。包括我自己,都有过于病中关于几近边缘徘徊"威胁"的经历。我于是冥冥有点儿盼望黑夜,在黑夜的梦中与一个个灵魂约会。我看见了慈善的曾外祖母,一身红绸衣雍容地端坐着微笑;还有丈夫的父亲,我并未见过的瘦弱、温和的画者,在我病愈出院后来看我;还有那位不很熟悉但一直关心着我的师长,"小张洁",像往常一样招呼着走在秋阳里;还有外婆乐呵呵、乐呵呵地盯住我笑……泪雨淋湿了我,因为再不能在尘世共同生活的伤心,更因为爱着、记着的人我看见他们一个个都快乐。

读到一些文字:"人类当然有不灭的灵魂,但却不是人人都有的,只有思想崇高、心灵纯洁善良、一心一意为人类的利益做出贡献的人,才会有不灭的灵魂。"我抄下来,记在心间,注入生命……

1995.10.21

渡向彼岸

◎舒婷

阳光想要取悦你的时候,又轻又软,像异性贴紧你后颈的嘴唇。天空也很合作地释放些蓬松的花絮,为摄影机的镜头锁定了表情。

你心情闲适地驾车沿宽敞笔直的大街行驶,遵守这经过千百次修订,更加严密准确的交通规则:限速,亮灯右拐,单行线,把噪声扼熄在喇叭里。或者在人行道信步,借橱窗玻璃整理领带、抿抿头发。红灯。你伫足,顺手把看过的报纸塞进垃圾箱,旁边一对高挑身材的欧洲男女立刻抓紧时间接吻;绿灯。汹汹呼啸而来的车阵立刻被截断在斑马线之外,你在一定距离内神圣不可侵犯。

于是从容不迫穿过马路,犹如一头母象或公羊横过平静的浅溪。

车祸似乎只发生在报纸和电视新闻里。偶尔让你目睹车毁人亡的现场,你会心惊胆战急忙绕过去,归途中渐渐平息下来,回到家中看晚报,喝啤酒,明天照样上班,恭听老板训话转身就向下属发脾气。你在摸黑走进废巷时才想起绑架打劫,心动过速手心冒汗,诅咒发誓下次绝不独行;你在腹部不适时摸到若有若无的肿块,想起癌症艾滋病的肆虐,人类至今束手无策,来不及多疑惑一定有别的事把你的手扯开去,比方打电

脑；比方握麦克风，比方数钞票；你抗议核试验；你赞成环境保护自己随手乱扔啤酒罐；你深恶痛绝贪污受贿，但在关键时刻你捡两条进口香烟去敲门。

你继续开车、步行、挣钱、做爱、生儿育女，直至寿终正寝。如果能熬到那个份上。

死亡伪善地赐予你一袭和解的白床单，如果你适时睁一次眼，就会认出这个其实已交锋过好几次的老对手。

生命原本就是黑暗的河流。

熙阳的俯身相就，晴空的故作无辜，细白的河沙，嫩叶的芳香招摇，只不过是诱饵或者小小奖赏，让你掉以轻心，让你在被吸进漩涡瀑前刚来得及赞叹一声："呵，生活是多么美好呀！"

即使你心存芥蒂且一直警觉着又能怎么样？你离不开水源，你必须接近水边，甚至渡过这条鳄鱼密集拦截的大河，对岸莽草乱石中，虎豹成群，目光炯炯，磨牙切齿之声依稀可闻。你别无选择，亘古以来的终极引力呼应着你体内的本能，驱使你在短暂的犹豫之后跃下水去。

一只公羚羊，弓一样的腰身，弦一样的四足。

然后是它率领下的群体。

鳄鱼突出的长吻毫不费力拦腰剪断了它们，撕碎肢体，血水翻飞，纤细的足踝在水面挣扎几下，瞬间就消失了。成千上万的羚羊继续渡河，竖起惊恐的双耳，善良温顺的眼睛勇敢坚定地直视前方，前方是一字形摆开的豹群，舔着嘴。但是无论将有多少伙伴不绝丧身，都不会令它们改变路线或退后。只有这条宿命的河流，有权诠释什么是前仆后继，什么是义无反顾。

优美的羚羊,轻风一般的精灵,草原的歌曲,不善攻击又无能自卫的食草性动物,它们仅仅是靠大自然的恩典生生息息至今么?

具有闪电速度的斑马群,来通过河流的考验。公马弧形纵跃神骏飞渡,撅起有力的后蹄反击鳄鱼,往往能抢上岸去,且立刻引开豹的围剿。但如果碰上几条高智商的鳄鱼联手,先一剪夹住马嘴,另外几头迅速分头袭击,再膘健的头马也即刻肠肚横流,且被死死钳住口,呼叫不得。

我是那头母马,我也有好速度和久经锻炼的钢蹄。我在殊死搏斗,感觉到鳄鱼的利剪戳进腹部火辣辣的剧痛,冰冷的河水灌进五脏六腑。我深知如果带了伤,即使抢登上岸,很难摆脱兽群。但这不是我的恐惧和悲哀,令我忧心如焚是我的幼崽,他现在哪里,他怎么啦?他有没有足够的聪明和好运气,在生命的集体献祭下,从鳄鱼的牙缝和鬣足的倦怠中逃了出去?如果我自己摆脱不了这场厄运,那么谁来带他一路前奔,教他觅食和防卫的技巧,直至成年?

我愿意牺牲我的优雅,我的轻盈和敏捷,做一头迟钝臃肿的母象吧,做一头丑陋俗气的河马吧,只要能对我的孩子护卫周全。

水源会不明真相地枯竭,河马渴死在龟裂的泥塘里,象群倒毙在迁移途中。那么就让我做一只飞鸟,及时逃离,把巢建在大森林里,重新提防蛇的偷袭,鹰的扑击,和准星后面那一只猎人的眼睛。

已发生过的来自生存的痛苦和艰辛在我过往经验里,诱发一阵阵旧创。将要降临的危险和灾难在不可知的未来黑幕下,莹莹闪烁虎视眈眈的兽眼和利齿。我第一千次体会到无

助和厌倦,深深祈求在我目睹这一切之前能够合眼睡去不再醒来。

但是我没有。

我只是觳觫不安,惊恐万状盯在电视机前,内心重渡黑暗之川。我身后是我的孩子,或者不是。

是留在岸边最后一只胆怯的孤零零的小鹿,它眼睁睁看着母鹿的悲鸣很快被鳄吻无情剪断、刺入、肢解直至消失。它举起细伶伶的前足蘸蘸水又放下。鳄鱼们纷纷无声向它集拢,越是麻木呆板的表情越是充满血腥和杀机。

它能逃向哪里?它能明白"逃"这个举动所兼有的背叛意义和反抗精神吗?在动物界里。

接下来的电视镜头里选出一位复仇英雄,一只小小的绿色蜥蜴,它飞快地把掩埋在沙岸上的鳄鱼卵一个一个刨出,伸出游丝般的长舌灵巧地吸食殆尽。鹞腾空而起,张开如云的巨翅,掠过水面,钢爪一击就获得一幼鳄做一顿美味。我犹不解恨,如果我手中有一杆枪,也许我会将这些伪装成枯木的凶手——歼灭。

为什么这个时候,我的内心没有一点一滴母鳄的绝望和惨痛呢?

三死

◎郑振铎

日间,工作得很疲倦,天色一黑便去睡了。也不晓得是多少时候了,仿佛在梦中似的,房门外游廊上,忽有许多人的说话声音:

"火真大,在对面的山上呢。"

"听说是一个老头子,八十多岁了,住在那里。"

"看呀,许多人都跑去了,满山都是灯笼的光。"

如秋夜的淅沥的雨点似的,这些话一句句落在耳中。"疲倦"紧紧地把双眼握住,好久好久才能张得开来,忽忽地穿了衣服,开了房门出去。满眼的火光!在对面,在很远的地方,然全山都已照得如同白昼。

"好大的火光!"我惊诧地说。

心南先生的全家都聚在游廊上看,还有几个女佣人,谈话最勇健,她们的消息也最灵通。

"已经熄下去了,刚才才大呢;我在后房睡,连对面墙上都满映着火光,我还当作是很近,吃了一个大惊。"老伯母这样地说。"听说是一间草屋,有一个八十多岁的老头子住在那里,不晓得怎么样了?"她轻柔地叹了一口气。

江妈说道:"听说已经死了,真可怜,他已经走不动了,天天有人送饭给他吃,不知今晚为什么会着火?"

"听说是油灯倒翻了。"刘妈插嘴说。

丁丁的清脆的伐竹的声音由对山传出,火光中,人影幢幢地往来。渐渐地有人执着灯笼散回去了。

"火快熄了,警察在斫竹,怕它延烧呢。"

"一个灯笼,两个灯笼,三个灯笼,都走到山下去了,那边还有几个在走着呢。"依真指点地嚷着说。在山中,夜行者非有灯笼不可;我们看不见人,只看见灯光移动,便知道是一个人在走着了。

"到底那老人家死了没有呢,你们去问问看。"老伯母不能安心地说道。

"听说已死了。"几个女佣抢着说。

丁丁的伐竹声渐渐地稀疏了,灯笼的光也不大见了,火光更微弱了下去。

"去睡吧。"这个声音如号令似的,使大家都进了自己的房门。我又闭了眼竭力想续前面的甜甜的睡眠。

几个女佣还在廊前健谈不已,她们很大的语声,如音乐似的,把我催眠着。其初,还很清晰地听见她们的话语,后来,朦胧了,朦胧了如蚊蝇之喧声似的;再后,我便睡着了。

第二天,许多人的唯一谈话资料,便是那个不幸的老翁。

"那老人家是为王家看山的。到山已经有五六十年了,他来时,莫干山还没有外国人呢。"

"他是福建人。二十多岁时,不知道为了什么事,由家乡出来,就住在山上了。一直有六十年没有离开过这里。他可算是这山上最老的人了。"

"听说,他近五六年来,走路不大灵便,都由一个姓杨(?)的家里,送东西给他吃。"

约略地，由几个女佣的口中，知道了这位老翁的生平。下午，楼下的仆人说，老翁昨夜并没有烧死。他见火着了，便跑了出来，后来，因为棉被衣物还没有取出，便又进去了两次去取这些东西，便被火灼伤了，直到了今早才死去。

"听说，杨家的太太出了五十块钱，还有别的人也凑齐了一笔款子，为他办理后事。"

"听说，尸身还在那里，没有殓呢。"

"不，下午已经抬下山去了。"

隔了两天，对山火场上树了一个杆子，上面有灯，到了晚上，锣钹木鱼之声很响地敲着，全山都可听见，是为这位老翁做佛事了。

这就是这位六十年来的山中最老的居民的结果。

半个月过去了，老翁的事大家已经淡忘了。有一天早上，却有几个人运了许多行李到楼下来，女佣们又纷纷地传说，说昨夜又死了两个人。一个是住在山顶某号屋中，只有十七八岁，犯了肺病死的。到山来疗养，还不到两个月。一个是住在下面铁路饭店的，刚来不久，前夜还好好吃着饭，不料昨天便死了。那些行李，是后一个死者的亲属的，他们由上海赶来看他。

不到一刻，死耗便传遍全山了。山上不易得新闻。这些题材乃为众口所宣传，足为好几天的谈话资料。尤其后一个死者，使我们起了个扰动。

"也许是虎列拉，由上海带来的，死得这样快。他的家属，去看了他后，再住到这里，不怕危险么？"我们这几个人如此地提心吊胆着，再三再四地去质问楼下的孙君。他担保说，决没有危险，且决不是虎列拉病死的。我们还不大放心。下午，死

者的家属都来了,他们都穿着白鞋。据说,一个是死者的母亲,一个是死者的妻,两个是死者的妾,还加几个小孩,是死者的子女,其余的便是他的丧事经理者。他是犯肺病死了的,在山上已经两个多月了,他的钱不少,据说,是在一个什么银行办事的人。

死者的妻和母,不时地哭着,却不敢大声地哭,因为在旅舍中。据女佣们说,曾有几次,死者的母亲,实在忍不住了,只好跑到山旁的石级上,坐在那里大哭。

第三天,这些人又动身回家了。绝早地,便听见楼下有凄幽的哭泣,只是不敢纵声大哭。太阳在满山照着,许多人都到后面的廊上,倚在红栏杆,看他们上轿。女佣们轻轻地指点说,这是他的大妻,这是他的母亲,这是他的第一妾,第二妾。他们上了山,一转折便为山岩所蔽,不见了。大家也都各去做事。

第二天还说着他们的事。

隔了几天,大家又浑忘了他们。

1926年9月6日追记

悲惨的余剩

◎川岛

在风和日丽的春光中,我不信人们的心会关得住的,然而我的心却被引到……

离我和仲谈笑的时间还不到二十个小时,猝然就传来了"他死了"的消息:他被死神威迫着离开人世的时节,人们的梦正还没有醒,因为他身体的健壮,我们都称他为"虎兄";而且他自己又何等地骄傲,在平时文学中署名也用与"虎"字同音的"虖"的,谁曾想到生命是如此的脆弱的呵!

在五十天以前我第一次到医院里去访他:阳光射在他病室的廊下,雪白的被褥拥着他那惨白的脸,我蹑着脚走近他的病榻,只见猩红的血点散布在他所盖的被上,而我几乎已经不能认识他了。此时他无力地举起眼皮来看我,然而立时就垂下;后来他又伸出手来作势,我低下头去,他便颤抖着和我说:"希望你不要停留在这里,我的病会不利于你的。"接着他又恳切地表示劝我出去。

这些印象将要撕碎我的心了,然而他渐渐地有了起色,每次见我时总以"我好了,你不要记挂吧"的话来安慰我,谁料他一生所欺我的话就是这一句呢!当他去世的二十小时以前,我立在他病榻的左侧,他含着笑对我说:"医生说我快能出院了,你把这消息告知我的朋友去吧!"是的,他的确快

死

能出院了,在三星期间他所给我的慰藉就是他的病日有起色,但是当我听到这话以后,接着就送来"他死了"的消息。死后在他病榻前除了药物以外,还留着几个橘子,这是他生前叫我买的:我给他买的橘子一共是八个,当时我只剥了一个给他,其余的他便叫看护留起来预备以后再吃,然而橘子不曾吃完,他的生命已经停止了,他这余剩的未享的橘子正和他遗留在被褥间的血迹的颜色是一样的,但是橘子的颜色永远可以使人们见到,他的形骸和遗留的血迹将要由新鲜而陈旧而溃烂了!

我才知道他生前是这样地苦恼,但是他的隐忍到他死后才挑破的。从他家里来的人告我他的妻是怎样地忧郁和消瘦,而他在病中所时常告我们的是人们对他怎样的倾轧,虽然他竟被倾轧出生世以外,但是如果他的儿牵着他妻的衣袖来向伊索爹爹时,伊又该怎样地答复呢!

他还留着一篇篇《雪女后》的译稿,因为几个字没有译妥,他在病中曾嘱我去问启明先生;并且有半篇惠尔斯著的《文明的救济》的译稿,是当他病时写的,在当时他果然不曾想到他的生命会这样地短促,我又何尝想到还没有把他的话去问启明先生,而究竟怎样译才算妥的回音他终于至死没有得到!

在我座前的一盆梅花,是他和我同时买来的,他曾教我该怎样地灌溉和保护,及至花开时,他已经呻吟在病榻,但是我的自慰,他总可看见枝头的绿叶的;而今只能把我的梅花移植到他的墓前了。

为我的自私,或者不如没有这些余剩;但是他的声音笑貌,已经深深地印在我脑里了,我只感到人们的余剩没有不是悲惨的呵！——在风和日丽的春光中，我不信人们的心会关得住的，然而我的心却被引到……

若明白了人们的生命是这样地脆弱，便更感到余剩的悲惨了！

隐隐约约现在人们面前的就是墓门呵！

死

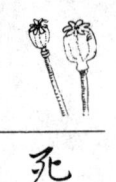

看坟人

◎李健吾

这看坟人,和坟头上鹅黄的小花一样,一点不费力气,溶在我的生命,而且好似异香奇葩,吸住我城市人的心灵。在这晴光明媚的春日,便是这骇人一样的村俗的老头子,也像解了冻的山涧,轻而且快,同时还有些浑浊,流过我的忧郁,我和他蓦地相逢,素昧平生,却像若干年前在一起共事,有过一个相同的节奏。

我并不因为他走近了,特别看他一眼。仿佛望着一棵柏树,我望着这坟墓的伴侣,而且和一棵柏树一样,他摇着他挺直的躯干,好像不在用眼看,却在用心听,听我这犹如晨雀的徘徊者,留散在松柏林里无声的歌颂。犹如接受晨雀每日的光临,他这苍老的柏树,毫无所动于衷,淡淡地,然而亲密地,仿佛见了自己常见的村庄的掮客,柔声道:

"早晨好!"

这仿佛他生命里长句的逗点,轻轻滑过我们的唇舌。他不需要我答应,我也没有答应,仅只点点头,离开他,拢向一座土依然透黄的小冢。我俯下身审量前面短短的碑铭。看坟人向我呢喃道:

"去年才埋的,可长满了草哪!"

一个十四岁的小孩子,碑上仅仅写着他的姓名。他夭折了,还没有尝试,开始要尝试人生的五味,就匆匆告辞,留下这几行字——蕴有人类不少的热情,父母的哀恸,兄姊的涕泣——做我们猜测的标志。还有比石碑更不坚固,比文字更不永久,比痴心更觉无情的纪念?"长满了草",这透露人生的唯一的消息!过了好些年,石碑残毁,文字消蚀,痴心散失,只有春草烧不尽,一年高似一年,一直长上石碑的裂罅,顶替了人力的一切!

这砍掉我们虚荣的红缨帽,裸露出人生的秃顶。在世上扰攘了一生,也许白活了若干年,人到垂死的时候,怨天尤命,说他一无所成,倒含一腔酸泪。咽了气——于是埋到地里面,这次真正孤零了,然而不到一年,坟上铺遍了茵草,替他告诉我们,他现在反而有了意义。自然无所不入,便是丑恶也化于它的爱抚,形成高度的庄严。在一种说不出的幽静之中,我领会着自然的谐和,好像刚刚步出肃穆的音乐会。我的精神缓和下来。

然而还有比这更谐和的,是那若有若无的看坟老人?守着别人的坟,眼看着自己就要成一个土堆。和生一样,他会安然死去。他也许没有一点用,仿佛柏树,墓碑,青草,日光,点缀着阴沉的茔地。和田垄上的耕牛一样,他也许操劳一生,等到老了,没有人记起他,犹如我们忘掉一个去世多年的老友,把他贬在死者群里。他接受了他的不幸,而且安于他的运命,因为他自来和一个动物——不,一株植物一样,偶然活了,偶然死去。还有比他更近于自然的,他自己就是自然?

他用不着智慧,以及智慧的副产物——虚荣,和万物一样,他有力量培养自己,终于力量和年月同时消散,和万物一样,或者和波浪一样,不知不觉,溶于自然之流——平静而伟

大的自然之流！他不存在：自然是他的存在。活着，他象征自然的奇迹；死了，他完成自然的美丽。他交代他的任务，犹如日月星循行各自的天轨，犹如白天和黑夜的此来彼往，不在人间留下一丝痕迹。

　　于是我走过去，坐在他身旁的祭台上，好像观察一个稀奇的生物，开始注意他黝黑的面孔。平淡无奇，和所有穷苦的乡下老人一样，是深浅相间的皱纹，视若无睹的黯灰的目光，衬着一张唯皮与骨的坎坷的脸庞。从这张窳陋的脸，我可以看见些什么呢？和我这城市人一样，那下面也藏着一个孤独者的悲哀？他的行动提醒我，他不止于形成自然，依旧有一个内心的经验，在苦乐的领受上，和我该有同样的分量，我禁不住问道：

　　"你在什么地方住？"

　　顺着他的手，我望见西边，离茔地一亩的光景，一所有些四方的小草房，四围扩出一圈高粱和玉蜀黍的秆子的短墙。

　　"你一个人？"

　　他迟疑了一下，摇摇头，然后指着那面一幅耕牛图，向我唧哝道：

　　"我和他们一起住。"

　　一条并不肥硕的黄牛，拖着宽耙，翻起经冬的冻土。一个十三四岁的孩子跟随着。

　　"那不是你的孩子？"

　　"我没有孩子。"

　　从他答话的粗率，我明白自己多此一问，有伤他的讳莫如深的情感。于是我们沉默了，仿佛怀着敌意，窥伺着一己取胜的机缘，渐渐我心里充满了同情，却不愿意流露于外，只得转过身,望着对面随时可以毁灭的茅舍。这怎样地谐和,一切具有何等如画的境界！然而人的悲哀,不唯致苦自身,还加在自然上面,整个形成一片无色的忧郁。我不敢再问他了,反正我知道灵魂永久漂泊,而灵魂的躯壳永久美丽,犹如自然永久谐和。而所谓人者,在人海孤独于宇宙的进行却是一致。我离开这老态龙钟的看坟人,觉得我像侵犯了他一次,我这属于另一世界的陌生人。

劳生之舟

◎师陀

提起笔,看着炉火渐渐熄下去,还是一个字写不出。

一个人死了,按友情说,是不应该。说得恰当点,大有多寿几年的必要。可是他死了。就眼下的情形讲,是"死无遗憾",正如他所期望,是已得以安于福地。

记得曾有人肯定地说,"死是世界所有的事件中最合理的。"意思即从未冤枉过人。立在某种基点上未始不可以这样主张,可是一想到他的夫人和四个——也许是五个——只知要穿要吃的小斑鸠,总觉得他还应该多活上十年八年。

达观或悲观一点看,死未尝不是人的大福。但为死者写挽联或哀辞之类,却流于游戏,更近乎愚昧。按现在的流行,出纪念册印遗墨都时髦不过。但这和争遗产涉讼只是达官贵人身后的点缀。他死了,财产既一并带入了坟墓,大抵也不需要什么张扬;况且也不会有那笔款子去做。

因为只是一个小人物,死后已无利可剥,留下名字似不大必要,即令留下也不怎么光荣,故暂用罗马拼音的字首——H代替。

H君在同学中是"幸福"的;十年前他是唯一有爱人的人,所以又是被嫉妒的人。但毕业之后,谁也不再把这幸福和嫉妒放在心上,原是各奔前程,大家再也无暇想到别人。

去年,因为一点变故,我回到家里去。车单调地在行进,外边绿的莽原上落着雨。已经是夜间。很想睡过去;但孩子的饿号,三等车特有的汗臭夹杂着阵阵的干咳,使乏惫了的神经一点也感不到宁静。

——多讨厌,静一息不够更好!

这样想着,无意地,眼顺着很凶的咳喘逡巡过去,最后投到那将近中年的男子身上。觉得很面熟。那人咳了一阵,接着打了个呵欠,仿佛也正受不住旅途的寂寞。

"认得吗?"他低声说,"该是很倦了吧……没敢打搅你。"

他勉强笑着,几乎有几分凄然,话说得很不顺畅。

认得。

那无沿的近视镜,那略有雀斑的清癯的脸……正是H……我稍稍吃了一惊。

"唉,天假之缘……喀喀……"

他用手绢掩住嘴,咳反而愈凶犷地涌上来。

"感冒?"我迟疑地望着他。

"嗡,"他略微仰起头,两颊泛晕,很容易看得出他回避着什么;但终于颦着眉,嗫嚅地说,"这……你能料想到吗?料不到的……整整七年了。"

随后又一个人独语着,"唉,七年。"

照例地谈了一阵近况,他说七年之中,已有过五个孩子,徼天之福,两个安然地死了。以我所知,那时他该有四个孩子赡养:早死的第一个妻留下一个,已是该进中学的年纪了吧;其余三个,即是幸福的,也就是所谓爱的结晶。

因为孩子的哭啼,谈话不得不暂时停住。他低着头,尖削的肩膀晃着,似乎不安地在思索什么。

劳生之舟

"尊夫人呢,还好?"

"唔,还是那样。不过,喀喀……唉……"

等他抑止了干咳,我又有意无意地加上一句:

"您是幸福的,记得那时都极羡慕。"

"幸福?"定在我脸上的眼,也许因为咳嗽,或者为着别的,盈漾着泪。他急忙背过脸去,凶恶的咳喘又在膀尖和胸部撞击。"你知道,每个人的眼中……"

眼落到那单薄的背影上,我一时挪它不开。虽然他不曾把要讲的说出,仗着直觉,模糊地也觉察了他的意思,并为他感到淡淡的,但也是人生平淡的凄凉。幸福的开始,常会规定一个人的命运;仿佛赌博输盘,谁能逆料呢,幸运将落在哪一点上!更不清楚何来的启示,感到人生也有如一匹白鸽,在灰色的空间遨游,晦暗的阳光给留下了孤单的影,在苍茫的原上。人生是太寂寥了。谁都追逐着幸福,任凭是"侥幸"中才能获得的也罢;而幸福正在前面溜走、躲闪、逃避,留下了淡淡的影子,却永不回头。直到在人眼前快要消灭的时候。忽然的又显现出来,以活跃的姿势。终于——

"你知道,"停了一刻,H君说,"据懂得幸福的人解释,它和……总之和世间所有的存在一样,一样,到处存在着……譬如,举例说,叫花子有叫花子的幸福……戏子……有戏子的幸福,这些不是随便什么人都可享受……是专有的。说是能否幸福,只在会不会支配自己的时间和应付空间。这样讲,……我是失败了。一个平凡人,需要相当的钱用,而七年中我一直吃着三十元的薪水……"他伸出三个指头,"我却已经是四个……"

他的声音异常衰微,几乎只有苍蝇翅膀上的那么大小,还要为喘息经时地停下来,夹杂着恶心的干呛。送过一支香烟去,他摇摇头谢绝了。

"有了家室了吧,七年,哈,记得那时你还是小孩子哩。"

"嗯。你却更像书生……"

"气味浓吗?"他将头靠在窗上,"唉,一个人的一生是很难逆料的,没有想到,很快的这就——"

他战抖的两手盖住眼,一时间在厉害地发着喘。我懊悔说出那句不事检点的话。

孩子又烦人地号啼着……

暂时合上眼,我不愿知道车到了什么地方,只想着——一只小艇,却荷着重载,冒着风浪,在险涛里挣扎着慢慢航行。单就眼前的 H 说吧,幸福的梦曾开过丰满的花朵,而家一落到肩上,什么全没有了,全破灭了;捱着无味的日子,折驼了脊背,耸起了肩膀,而那重荷,却是抛都不得抛开。

幸福的园呢?幸福的园是荒芜的。

车在一个小站上停下来,上下的人很冷落。H 君提着小箱,递一张卡片过来,急喘地苦笑着道:

"这是地址,有空希望你有信来。"

车站包围在凄苦的风声和雨声里,H 君提着小箱的瘦削的背影,在雨中昏弱的灯光下摇晃着,不久便在夜色里消失。此后即不时有信札来往。有一次,他非常痛苦地写信来说:

"……罹了这不可挽救的病,据说是肺病。这样告诉你,实在很罪过的……妻已经是三个孩子的母亲,从她身上,我已得不到丝毫安慰;但也怪不得她,因为已是就要当四个孩子的母亲的人。有时,几乎是每天我感到寂寞,却死不得,可不是你看……是的,我常常希望,但不知能否看见光明到来……"

死

很明白的,人还希望得救,他是那样热烈地想活下去。

近时很少得到他的消息,写了封简短的信去,却由另一个地方寄了一张镶黑栏的明信片来。H君没有见到他热望的,预示在眼前的光明,就平淡地死掉了。

炉火更晕红下去,然而能写什么呢,对于死者。

生死

◎柯灵

　　一位朋友的夫人去世了,是生肺病死的。得到消息,赶去吊唁,却已在前一天草草殡殓。房间里和平恬静,一如往昔。两个失去了母亲的孩子,正在自在地嬉戏。

　　朋友平静地叙述他夫人临终的情景:黄昏时还笑谈自如,夜半咳醒,几口鲜血,就此奄奄地长眠了。"她一放手也就算了,"他说,"可是把责任都交给了我,你看,这两个孩子。我得兼做母亲的事了。"

　　他没有流泪,眼角却已经分明泫然。朋友是坚强的,我知道他的悲戚埋在心底。"死者长已矣,生者长恻恻",这朋友将负着他夫人留下的悲苦的担子,独自向人生迈步。

　　我想起鲁迅先生逝世那一天的情景来。

　　是早上听见的噩耗,下午跟朋友跑了去。鲁迅先生安详如生地仰卧在床上,一生战斗,如今算是息了肩。景宋先生忙忙碌碌,照料一切,虽然眼皮红肿,紧张的神情似乎比悲戚还多。有一个六七岁的孩子,大约因为家里骤然的热闹,高兴得楼上楼下地乱跑,桌上桌下地爬跳,那是海婴。

　　这印象使我感动,至今不易忘却。现在又添上了朋友的家里的一幕。

　　默默地工作,默默地战斗,默默地尽着自己的好人的责

任,拳头一捏,眼睛一闭,"一放手也就算了",把悲哀和责任同时遗留给后死者。这悲哀是沉重的,它可以把弱者压倒;然而坚强的人却把眼泪咽向肚里,慢慢地消受,他们先接受了死者留下的责任。

　　人世哀乐,琐琐凡情,往往使我感动至于下泪。因为这样的人物,总是比什么人都多情,也比什么人都健实,假如他们在战场上,也许不是叱咤风云的英雄,却是前仆后继默然用命的斗士。

1939年10月

三过鬼门关

——改正之后(之五)

◎萧乾

我小时,我们住的北京东北角那一带,房子大都年久失修。一下雨就到处倒塌,每回总得砸死几口子。知道房漏了,可又修不起,就在屋瓦漏处搭上块破席头,上面压几块砖。

大概是上私塾的时候,我在路上有过一次险遇。我喜欢擦墙根儿走路。那一天,一块压席头的砖不知怎的哧溜下来了。是个夏天,我裸着上身。那块砖是紧擦着我的身子坠地的,把我的脑门和胸脯都擦破了皮。现在回想起来,只差上几分,我就可能呜呼哀哉了。

哎呀,我那苦命的寡妇妈可后怕死了。她噙着泪水搂着我,孩子长孩子短地不知叫了多少声,初一十五还去土地庙烧香叩头。街坊大爷们摸着我后脑勺,用祝贺的口吻说:"这孩子命硬。"

这句话在我一生起过难以言说的镇定作用。一九四○年经历希特勒大轰炸时,一九四四年坐在满载黄色炸药箱的卡车上向莱茵河挺进时,甚至每次上飞机时,我都对自己说:"不怕,你命硬。"

一九八○年十二月,我就是默念着这句符咒被推进手术室的。从那以后,直到一九八三年,我动过两次大手术,三次

小手术。五次进出手术室,我的心都是宁静的。

先说说我为什么要动手术。

我对医学一窍不通,缺乏起码的常识。然而我对肾结石却有了点认识。肾,就是下水道的入口。淤塞了,它就会长结石。因此,为了防止长结石,第一条就得每天把水喝足。

一九五八年至一九六一年在柏各庄农场时,我同十几个人合睡一条大炕。我起过一两次夜,每次都得惊动睡在两旁的人,感到十分不方便。谁不是白天累得要命,天一亮又得爬起来干活!而且由于没有电筒,有一回起夜回来时,摸错了地方,挨了好一通臭骂。于是,我想了个绝招:过午滴水不进。果然很灵。从那以后再也不必起夜了。

当然,喝什么水也有关系。在湖北咸宁,我们是把向阳湖的湖水用柴油泵打上来喝。湖里不但经常有几十口子在洗澡,还泡着更多的水牛,并且随意方便着。杯子里发现一块半块牛粪,一点也不新鲜。

我的结石大约就是这么形成的。

但是中医总说我肾亏。还是一次做腹部拍照时,偶然发现了它的影子。已经快有栗子那么大了。

这是在一九七八年年底。转年,政治上我就得到了"改正"。于是,思想上就从"此生休矣"转变为仍要在事业上有点作为。

出访美国之前,我就站在十字路口上了。几位大夫都劝我不要动手术,说倘若结石只有米粒那么小,倒真可怕;因为一旦掉进尿管,能把人疼晕过去。我那块最大的结石,少说也有二十年了。它位于肾盂口上,刚好挡住了其他小块结石,所以绝不会发生结石掉进尿管的问题。而我又已交七十岁,大可带着它去火化场了。现在回想,他们说的很有道理。

在美国逗留的四个月中间,我一直在考虑这么个问题:现在好不容易才又能写作了,可是蹲在北京怎么写?写些什么?题材、素材,全在基层。一九五六年还不是由于下去几趟,才写出点东西么!然而带着这颗定时炸弹去矿山或农村总不是办法,还不如干脆把这个隐患除掉再下去的好。

动手术就是这么决定下来的。

手术前,洁若告诉我说,医院要她在一张开列着我可能遇到的五种死亡的单子上签字。她一再劝我多考虑一下。我说,你签吧,我命硬。

结石取出后,尿道不通,只好带一根肾管。那八个月可受了大罪。一九八一年八月,决定干脆把左肾切掉。切除后,由于带过肾管,缝的线不为肌肉所容,伤口总也不能愈合。于是先后又开了三次小刀,在不打麻醉药的情况下,硬把线头一根根地钩了出来。

带肾管的那八个月,在日夜随时告急中,我译完了《培尔·金特》,并开始编那四卷《选集》。

除了初中时得过一次伤寒,我一生几乎没住过医院。七十岁上住起院来,不免会想到死亡问题。

对于死亡,以前倒是有过恐惧。我早年见过不少死人。我妈妈是我搂着咽的气。最后钉棺材盖时,还有人扶着我站在一只高凳上向她说了一句永别的话。到了墓地,也是由我这个孝子先抓一把土,攮进穴口。我尝尽了死别的痛苦。

那时,许多习俗都把死亡神秘化、恐怖化了。上学的路上,每天必走过棺材店和寿衣铺。一到阴历七月十五,就办起盂兰盆会,说是鬼节。纸糊的船上站了各种等待超度的冤鬼,

有缢死的无常,有龇牙咧嘴的夜叉,好不怕人。

每次去东岳庙,我总对那个瞪着眼睛翻看生死簿的判官不服气。凭什么由他来决定人的寿数!当我译《培尔·金特》时,就把剧中那个铸纽扣的人同我早年所不服气的判官联系起来了。然而铸纽扣的并没武断地决定培尔的命运。他还容许培尔做出自己的努力。

如果有人问我的人生哲学,我想用四个字来概括:事在人为。我从不相信先天注定的寿数。小时我就想,寿数再高,要是把身子横卧在火车铁轨上,也照样轧成两段。我一面准备死亡随时光临,一面自己加强锻炼;有病及早治,尽量推迟它的到来。

说来也怪,八十年代我面对死亡的勇气,恰好来自一九六六年的"红八月"里我服的那瓶安眠药。倘若隆福医院按照当时通常的做法不收我这个"阶级敌人",或者收而敷敷衍衍,不给好好洗一下肠子,我也早就化为灰烬了。

那期间,在交代"黑思想"时,我说过这么一条:一个知识分子在新中国得个善终可真不易!那是因为我听到看到那么多科学家、教育家和作家,有跳楼摔死的,也有活活被打死的。那阵子我成天都在琢磨着自己怎么死法。

直到那帮人彻底倒了台,我对自己的死才有了自信:我会善终的。

一九八〇年十二月,动手术的前一晚,当医生来验明次晨开刀的部位,护士为我剃毛时,我猛然感到自己离死亡近了一步。可那晚我睡得很平稳,很熟。当洁若带点愁苦告诉我那五种死亡的可能性时,我还她一句:一九六六年那次要死不也就死了吗!如今,看到了歹徒的灭亡,又领到了"改正证书",

还不该知足!

由于开导她,我倒开导了自己。

多少人——多少比我聪明,能干,比我好的人,都没能看到那帮人的灭亡,而我看到了,这是多么侥幸啊!现在,我觉得每活一天,就是白赚一天,白饶上的一天。得好好利用它。

住院后期,我坚持每晨散步一个小时。我总是从病房出发,一直走到太平间,然后再折回。一趟趟地总那么走。太平间——鬼门关,对我不再可怕了。那是迟早必然的归宿。重要的,应该为之动脑筋的,还是怎样利用被抬进去之前这段日子。

我希望我千万别脑软化,别成为植物人。最希望的是一旦不能料理自己的生活时,就突然死去——更好的是悠然而死,比如在睡眠中,或伏案工作时。

我掌握不了自己如何死法,但我能掌握自己如何活法。

我自知当不了闯将,我从来就不是。我也不特别勤奋。但无论教书、当记者或编刊物,还是从事写作,我都还能力所能及地踏踏实实做点事。我就将这么做下去,做到非停下来不可的一天。

"未知生,焉知死。"孔子真是位讲实际的人。生——这是每个人都拥有的、内容各自不同的一本书。这里有成功也有失败,有欢乐也有悲哀,有值得自豪的,也有足以悔恨的。我希望有一天我能鼓起勇气,把自己这本整个地翻一翻。现在还不去翻它,因为还在写着它。可又怕停笔时来不及翻它了。

因此,我在找个诀窍:一边写着它,一边翻它。

1985年4月5日于北京远望楼

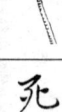

死亡,你不要骄傲

◎余光中

六十年代刚开始,死亡便有好几次丰收。海明威。福克纳。胡适。康明思。现在轮到佛洛斯特。当一些灵魂如星般升起,森森然,各就各位,为我们织一幅怪冷的永恒底图案,一些躯体像经霜的枫叶,落了下来。人类的历史就是这样:一些躯体变成一些灵魂,一些灵魂变成一些名字。好几克拉的射着青芒的名字。称一称人类的历史看,有没有一斗名字?就这么俯践枫叶,仰望星座,我们愈来愈寂寞了。死亡,你把这些不老的老头子摘去做什么?你把胡适摘去做什么?你把佛洛斯特的银发摘去做什么?

见到满头银发的佛洛斯特,已是四年前的事了。在老诗人皑皑的记忆之中,想必早已没有那位东方留学生的影子。可是四年来,那位东方青年几乎每天都记挂着他。他的名字,几乎没有间断地出现在报上。他在美国总统的就职大典上朗诵 The Gift Outright(《全心的赠与》);他在白宫的盛宴上和美丽的杰克琳娓娓谈心;他访俄,他访以色列。他在这些场合的照片,常出现在英文的刊物上。有一张照片——那是世界上仅有的一张——在我书房的墙上俯视着我。哪,现在,当我写悼念他的文章时,他正在望我。在我,这张照片已经变成辟邪的灵物了。

那是一九五九年。八十五岁的老诗人来我们学校访问。在那之前，佛洛斯特只是美国现代诗选上一个赫赫有声的名字。四月十三号那天，那名字还原成了那人，还原成一个微驼略秃但神采奕奕的老叟，还原成一座有弹性的花岗岩，一株仍然很帅的霜后的银桦树，还原成一出有幽默感的悲剧，一个没忘记如何开玩笑的斯多伊克。

那天我一共见到他三次。第一次是在下午，在爱奥华大学的一间小教室里。我去迟了，只能见到他半侧的背影。第二次是在当晚的朗诵会上，在挤满了三千听众的大厅上，隔了好几十排的听众。第三次已经夜深，在安格尔教授的家中，我和他握了手，谈了话，请他在诗集上签了名，而且合照了一张相。犹记得，当时他虽然颇现龙钟之态，但顾盼之间，仍给人矍铄之感，立谈数小时，仍然注意集中。他在《佛洛斯特诗选》（*The Poems of Robert Frost*）的扉页上，为我题了如下的字句：

> For Yu Kwang-chung
>
> from Robert Frost
>
> with best wishes to Formosa
>
> Iowa City. Iowa. U. S. A. 1959

写到 Formosa 时，老诗人的秃头派克笔尖曾经悬空不动着片刻。他问我，"你们平常该用 Formosa 或是 Taiwan?" 我说，"无所谓吧。"终于他用了前者。当时我曾拔出自己的钢笔，递向他手里，准备经他用后，向朋友们说，曾经有"两个大诗人"握过此管，说"彩笔昔曾干气象，白头今望苦低垂"。可惜当时他坚持使用自己的一支。后来他提起学生叶公超，我

述及老师梁实秋,并将自己中译的他的几首诗送给他。

我的手头一共有佛洛斯特四张照片,皆为私人所摄藏。现在,佛洛斯特巨大的背影既已融入历史,这些照片更加可贵了。一张和我同摄,佛洛斯特展卷执笔而坐,银丝半垂,眼神幽淡,像一匹疲倦的大象,比他年轻半个世纪的中国留学生则侍立于后。一张是和我,菲律宾小说家桑多斯,日本女诗人长田好枝同摄;老诗人歪着领带,微侧着头,从悬岩般的深邃的上眼眶下向外矍然注视,像一头不发脾气的老龙。一张和安格尔教授及两位美国同学合影,老诗宗背窗而坐,看上去像童话中的精灵,而且有点像桑德堡。最后的一张则是他演说时的特有姿态。

佛洛斯特在英美现代诗坛上的地位是非常特殊的。第一,他是现代诗中最美国的美国诗人。在这方面,唯一能和他竞争的,是桑德堡。桑德堡的诗生动多姿,富于音响和色彩,不像佛洛斯特的那么朴实而有韧性,冷静,自然,刚毅之中带有幽默感,平凡之中带有奇异的成分。桑德堡的诗中伸展着浩阔的中西部,矗立着芝加哥,佛洛斯特的诗中则是波士顿以北的新英格兰。如果说,桑德堡是工业美国的代言人,则佛洛斯特应是农业美国的先知。佛洛斯特不仅是歌颂自然的田园诗人,他甚至不承华兹华斯的遗风。他的田园风味只是一种障眼法,他的区域情调只是一块踏脚石。他的诗"兴于喜悦,终于智慧"。他敏于观察自然,深谙田园生活,他的诗乃往往以此开端,但在诗的过程中,不知不觉,行若无事地,观察泯入沉思,写实化为象征,区域性的扩展为宇宙性的,个人的扩展为民族的,甚至人类的。所谓"篇终接混茫",正合乎佛洛斯特的艺术。

有人曾以佛洛斯特比惠特曼。在美国现代诗人之中,最能继承惠特曼的思想与诗风者,恐怕还是桑德堡。无论在汪洋纵恣的自由诗体上,拥抱工业文明热爱美国人民的精神上,肯定人生的意义上,或是对林肯的崇仰上,桑德堡都是惠特曼的嫡系传人。佛洛斯特则不尽然。他的诗体恒以传统的形式为基础,而衍变成极富弹性的新形式。尽管他能写很漂亮的"无韵体"(Blank Verse)或意大利十四行(Italian Sonnet)其结果绝非效颦或株守传统,而是回荡着现代人口语的节奏。然而佛洛斯特并不直接运用口语,他在节奏上要把握的是口语的腔调。在思想上,他既不像那位遁世唯恐不远的杰佛斯那么否定大众,也不像惠特曼那么肯定大众。他信仰民主与自由,但警觉到大众的盲从与无知。往往,他宁可说"否"(nay)而不愿附和。他反对教条与专门化,他不喜工业社会,但是他知道反对现代文明之徒然。在一个混乱而虚无的时代,当大众的赞美或非难太过分时,他宁可选择一颗星的独立和寂静。他总是站在旁边,不,他总是站得高些,如梭罗。有人甚至说他是"新英格兰的苏格拉底"(Yankee Socrates)。

其次,在现代诗中,佛洛斯特是一个独立的巨人。他没有创立任何诗派。他没有康明思或史蒂文斯(Wallace Stevens)那种追求新形式的兴趣,没有桑德堡或阿咪·罗蕙尔(Amy Lowell)那种反传统的自信,没有史班德或奥登那种左倾的时尚,更缺乏艾略特那种建立新创作论的野心,或是汤默斯(Dylan Thomas)那么左右逢源的超现实的意象。然而在他的限度中,他创造了一种新节奏,以现代人的活语言的腔调为骨干的新节奏。在放逐意义崇尚晦涩的现代诗的气候里,他拥抱坚实和明朗。当绝大多数的现代诗人刻意表现内在的生活

与灵魂的独白时，他把叙事诗（Narrative）和抒情诗写得同样出色，且发挥了"戏剧性独白"（Dramatic Monologue）的高度功能。

最后，就是由于佛洛斯特的诗从未像别的许多现代诗一样，与自然或社会脱节，就是由于佛洛斯特的诗避免追逐都市生活的纷纭细节，避免自语而趋向对话，他几乎变成现代美国诗坛上唯一能借写诗生活的作者。虽然在民主的美国，没有桂冠诗人的设置，但由于艾森豪聘他为国会图书馆的诗学顾问，甘迺乃请国会通过颁赠他一块奖章，他在实际上已是不冠的诗坛祭酒了。美国政府对他的景仰是一致的，而民间，大众对他也极为爱戴。像九缪思的爸爸一样，颤巍巍地，他被大学生，被青年诗人们捧来捧去，在各大学间巡回演说，朗诵，并讨论诗的创作。一般现代诗人所有的孤僻，佛洛斯特是没有的。佛洛斯特独来独往于欢呼的群众之间，他独立，但不孤立。身受在朝者的礼遇和在野者的崇拜，佛洛斯特不是呼之即来挥之即去的御用文人，也不是媚世取宠的流行作家。美国朝野敬仰他，正因为他具有这种独立的敢言的精神。当他赞美时，他并不纵容；当他警告时，他并不冷峻。读其诗，识其人，如攀雪峰，而发现峰顶也有春天。

在他生前，世界各地的敏感的心灵都爱他，谈他。佛洛斯特已经是现代诗的一则神话。上次在马尼拉，菲律宾小说家桑多斯还对我说："还记得佛洛斯特吗？他来我们学校时，还跟我们一块儿照相呢！"回到台北，在第一饭店十楼的汉宫花园中，又听到美国作家史都华对中国的新诗人们说："佛洛斯特是美国的大诗人，他将不朽！"

在可能是他最后的一首诗（一九六二年八月所作的那首

The Prophets Really Prophesy as Mystics：The Commentators Merely by Statistics)中,佛洛斯特曾说:

人的长寿多有限

是的,现代诗元老的佛洛斯特公公不过享了八八高龄,比狄兴和萧伯纳毕竟还减几岁。然而在诗人之中,能像他那么老当益壮创作不衰的大诗人,实在寥寥可数。现在他死了,为他,我们觉得毫无遗憾。然而为了我们,他的死毕竟是不幸。美国需要这么一位伟人,需要这么一位为青年们所仰望的老人,正如一世纪前,她需要爱默生和林肯。高尔基论前辈托尔斯泰时,曾说:"一日能与此人生活在相同的地球上,我就不是孤儿。"对于佛洛斯特,正如对于胡适,我们也有相同的感觉。

1963年1月31日

死

伤逝

◎台静农

今年四月二日是大千居士逝世三周年祭,虽然三年了,而昔日谦谈,依稀还在目前。当他最后一次入医院的前几天的下午,我去摩耶精舍,门者告诉我他在楼上,我就直接上了楼,他看见我,非常高兴,放下笔来,我即刻阻止他说:"不要起身,我看你作画。"随着我就在画案前坐下。

案上有十来幅都只画了一半,等待"加工",眼前是一小幅石榴,枝叶果实,或点或染,竟费了一小时的时间才完成。第二张画什么呢?有一幅未完成的梅花,我说就是这一幅罢,我看你如何下笔,也好学呢。他笑了笑说:"你的梅花好啊。"其实我学写梅,是早年的事,不过以此消磨时光而已,近些年来已不再有兴趣了。但每当他的生日,不论好坏,总画一小幅送他,这不是不自量,而是借此表达一点心意,他也欣然。最后的一次生日,画了一幅繁枝,求简不得,只有多打圈圈了。他说:"这是冬心啊。"他总是这样鼓励我。

话又说回来了,这天整个下午没有其他客人,他将那幅梅花完成后也就停下来了。相对谈天,直到下楼晚饭。平常吃饭,是不招待酒的,今天意外,不特要八嫂拿白兰地给我喝,并且还要八嫂调制的果子酒,他也要喝,他甚赞美那果子酒好吃,于是我同他对饮了一杯。当时显得十分高兴,作画的疲劳也没有了,不觉地话也多起来了。

回家的路上我在想,他毕竟老了,看他作画的情形,便令人伤感。犹忆一九四八年大概在春夏之交,我陪他去北沟故宫博物院,博物院的同人对这位大师来临,皆大欢喜,庄慕陵兄更加高兴与忙碌。而大千看画的神速,也使我吃惊,每一幅作品刚一解开,随即卷起,只一过目而已,事后我问他何以如此之快,他说这些名迹,原是熟悉的,这次来看,如同访问老友一样。当然也有在我心目中某一幅某些地方有些模糊了,再来证实一下。

晚饭后,他对故宫朋友说,每人送一幅画。当场挥洒,不到子夜,一气画了近二十幅,虽皆是小幅,而不暇构思,着墨成趣,且边运笔边说话,时又杂以诙谐,当时的豪情,已非今日所能想象。所幸他兴致好并不颓唐,今晚看我吃酒,他也要吃酒,犹是少年人的心情,没想到这样不同寻常的兴致,竟是我们最后一次的晚餐。数日后,我去医院,仅能在加护病房见了一面,虽然一息尚存,相对已成隔世,生命便是这样地无情。

摩耶精舍与庄慕陵兄的洞天山堂,相距不过一华里,若没有小山坡及树木遮掩,两家的屋顶都可以看见的。慕陵初闻大千要卜居于外双溪,异常高兴,多年友好,难得结邻,如陶公与素心友"乐与数晨夕",也是晚年快事。大千住进了摩耶精舍,慕陵送给大千一尊大石,不是案头清供,而是放在庭园里的,好像是"反经石"之类,重有两百来斤呢。

可悲的,他们两人相聚时间并不多,因为慕陵精神开始衰惫,终至一病不起。他们最后的相晤,还是在荣民医院里,大千原是常出入于医院的,慕陵却一去不返了。

名人之死

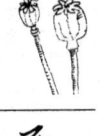

◎残雪

关于名人之死,笔者读过一些各式各样的文章。其中描写得最多的,大抵是一些这样的话,"进入大地母亲的怀抱"啦,"平静而安详地沉入了永久的睡眠"啦,"毅然朝着幽深广阔的大海游去"啦之类。

如今正好在我的隔壁,就有这样一位名人。为方便起见,笔者在这里称他为名人好了。他是一位五十岁多一点,头发花白,受人尊敬的人,他很有名。这位有名的人不幸过早地患了绝症,医生说他还可以活两个月。从患病的那天起,这位名人脸上就显出那种冷静而坦然的名人神态。因为有各式各样的人去慰问他,他甚至谈笑风生起来了。医生护士们肃然起敬,认为名人的胸怀真是了不得,能够这样面对死神的真是千里挑一。笔者也曾提着一篮橘子去慰问过他,那一次,他还对笔者讲了一个幽默的笑话呢!

两个月的期限向他本人宣判了,主治医生认为对于这样意志坚强的病人用不着隐瞒什么。在这期间,我去拜访过他三四次吧。我感到随着死期的临近,他的内心是越来越平静了。时常,他在谈话间因为疲倦而停了下来,双目久久地凝视远方的天边,嘴角漾出那种高傲的微笑,根本忘记了笔者还在他身旁。这种时候,笔者总是识趣地悄然退出。

两个月的期限到了,名人竟然没有死;三个月、半年又过去了,名人还是没有死。他创造了医学上少见的奇迹,医生说他可以出院了。

在我的预料中,名人现在应该是情绪高昂,浑身渗透出创造力了。因为他用自己那超人的意志战胜了死神,显示了人类精神的力量。

当我到隔壁去拜访他的时候,却大吃了一惊。他成了一个面容憔悴、目光散乱的小老头了,行为举止也摇摆不定。他反反复复地向我唠叨着一些同样的话:"为什么医生会弄错呢?按一般的惯例是不会错的。""我都已经做好准备了,到头来根本不是那么一回事。""既然期限不是两个月,会不会是一年呢?你说说看?啊?"弄得笔者无话可答。

因为每次都保持沉默也不太礼貌,笔者经过反复思考,终于憋出这样一句话:"您为什么不去查一查医学方面的资料呢?啊?那上面肯定有这个问题的线索的,到图书馆去看一看吧。"

"我对这种事并不感兴趣。"他冷淡地回答,很不高兴地白了我一眼。

过了些日子笔者又去隔壁拜访。笔者看出名人虽则仍然情绪不太稳定,但很明显,已不像刚出院时那样萎靡了,也许他有了一种新的精神支撑吧。在谈话间他告诉我,一位外省的研究他这种病的医学权威告诉他,原来那种两个月期限的判断是完全错误的,按照他的身体方面的特殊条件,应该将期限定为两年或三年。

"我并不将这位权威的意见奉为圣旨,"名人沉思着说,"我越来越感觉到医学的不可靠。"

死

在他说话时,笔者趁他不注意往他的书架上狠狠地瞟了几眼,发现那上面果然摆了几本厚厚的通俗医书,书中的很多地方还折了角。

"最近我坐在家里没事,又开始做少量工作了,我可不想等死。"名人勉强地笑了笑。

我心里十分清楚,他说的所谓"工作"就是研究那些医书。这样倒也好,工作能够帮助他克服精神上的危机。何况他是一位名人,在最后的日子里弄得太潦倒总是不太好的事,我是写小说的,很懂得这类人的心理。

时光流逝,一年过去了,名人依然健在,只是书架上的医书已由浅显易懂的通俗种类换成了较深的、带专业性质的种类。而且,这位名人越来越不修边幅了。他穿着长睡衣和拖鞋,手捧那些医书在屋里踱来踱去,即使来了客人也不换衣服,而且他也不记得他是听了我的劝告才去看那些医书的了。"懒得换衣服鞋子什么的,反正是要死的人了。"他随随便便地讲话,完全没有名人风度。

去看望过他的一位他过去的至交告诉我:名人的精神已经完全崩溃了。"一天到晚谈他的死期,简直走火入魔。"至交痛惜地摇着头,"一个人,要保持自己的晚节真不容易啊!他在住院期间表现得真是出色。要是那一次就死了⋯⋯"说到这里他突然止住话头,唯恐说出对名人大为不敬的话来。

有一天名人竟然穿着睡衣到我家来了,这可是破天荒第一回。因为他是名人,平时总是我去拜访他,他从不回访。他明明是有什么事,脸上的表情显得很热切。我连忙为他倒茶。他喝了一口茶后,激动的情绪稍稍平静,开口说话了:

"残雪,你也是写小说的,对于这类事可能会有自己的看法。我想问问你,一个人在临死前的最后一刹那,究竟是何种情况,是否被证实过呢?当然我是指一般性的死亡,我想搞清的是大多数人的感觉。"他站在桌边,睡衣因为长久不换,边角已经满是油污了。他用手指敲着桌子,满脸惶惑的表情。

"您想做一个试验吗?"我反问他。

"想,想得要命。你知道我为什么夜里不敢合眼吗?我害怕在睡眠中突然死亡。这一年多来,每一夜都在提心吊胆中度过。自然而然就想起做试验的事来了。不过我还没有最后打定主意,这种事不是随便打得定主意的。但是那种诱惑实在是太强烈了。"

我看出来,他一点也不需要什么人的忠告,他不过是找一个人说说罢了,这个人可以是我,也可以是任何一个人。

"您还要经过一段时间的酝酿才会着手去干,对吗?"

"正是如此。这种事,不能说是胸有成竹,一定要依靠某个瞬间的冲动。谢谢你,今天我把这件事对你说了,我的想法更明确了。到底你是写小说的,对我的想法清清楚楚。我当过名人,住院的时候,我简直像个木偶。是你劝我读医书的,我还记得。现在,我简直称得上这方面的专家了,就差那个试验。"

他离去的背影让我深深地感到,现在,他的确是独自一个人了。其实我们谁又不是这样呢?我们白天里嘻嘻哈哈、打打闹闹、忙忙碌碌,夜里睡得又沉又死。假如我们当中有一个人在半夜里突然醒来,再也睡不着了,一夜又一夜,难道他就不会产生做试验的念头吗?关键是,我们白天太累了,一倒下去就睡得那么香,所以谁也不会有失眠的经验。名人真是自作自受。

死

我对名人的结局作过好几种设想。人到了这个地步,要设想他的结局是比较容易了,所谓"千条江河归大海"。

名人的结局很平常。在最后那一个月,我们谁也没有再见过他的面。他将住宅单元的门从外面锁上,放下窗帘,夜里也不点灯,他要造成一种让人以为他旅行去了的错觉。我当然知道他在屋里,不过我倒没有很大的好奇心,因为结局早就定下了。我只对一件事有兴趣,就是他在最后那一瞬间脸上的表情,因为这可以作为解开我心中疑团的线索,但这个线索也是靠不住的东西,我仍然要独自承担着自身的惶惑走到最后的目的地。

他是在中午时分爬到七楼上再跳下去的。当时阳光普照大地,空气十分清澄。大概他认为这种天气更有利于他那种快感的体验吧。要是阴雨天,脑子就不会那么清晰了。很多人都看见他了,他笨拙地模仿鸟类,将双臂挥动了几下,很快就可耻地砸在水泥地上,成了血肉模糊的一团。当然我也没法弄清他脸上的表情了。

我想,名人实在没有必要模仿鸟类。人类总忘不了模仿,哪怕死到临头也是如此。要是径直走到楼上就往下一跳不简单得多吗?挥动双臂肯定妨碍了他最后的体验,这个傻瓜。其实我又何尝不是这样呢?不然我怎么会对他脸上的表情有那么大的兴趣呢?

名人死后,根据他的遗嘱,那些医书被搬到了我的书房——从他立遗嘱这一点也可以看出他那种模仿的劣根性。我一打开书就吃了一惊:除了最初买的那几本通俗医书以外,后面买的书籍连翻都没翻动过!原来他早就不看书了,原来他手里捧一本书只是做做样子罢了。这一点当时我倒没有察觉到,足见我的浅薄。

　　我走到街上,站在人群中,人流来来往往,声音十分嘈杂,但每个人脸上的表情总免不了流露出:他们都在躲避那件事。

　　那只是一个迟早的问题罢了。

最后的一天

◎许广平

今年的一整个夏天,正是鲁迅先生被病缠绕得透不过气来的时光。许多爱护他的人,都为了这个消息着急。然而病状有些好起来了。在那个时候,他说出一个梦:"他走出去,看见两旁埋伏着两个人,打算给他攻击,他想:你们要当着我生病的时候攻击我吗?不要紧!我身边还有匕首呢,投出去,掷在敌人身上。"

梦后不久,病更减轻了。一切恶的征候都逐渐消灭了。他可以稍稍散步些时,可以有力气拔出身边的匕首投向敌人——用笔端冲倒一切,还可以看看电影,生活生活。我们战胜"死神"。在讴歌,在欢愉。生的欣喜布在每一个朋友的心坎中,每一个惠临的爱护他的人的颜面上。

他仍然可以工作,和病前一样。他与我们同在一起奋斗,向一切恶势力。

直至十七日的上午,他还续写《因太炎先生而想起的二三事》(以前有《关于太炎先生二三事》一文,似尚未发表)一文的中段。(他没有料到这是最后的工作,他原稿压在桌子上,预备稍缓再执笔。)午后,他愿意出去散步,我因有些事在楼下,见他穿好了袍子下扶梯。那时外面正有些风,但他已决心外出,衣服穿好之后,是很难劝止的。不过我姑且留住他,

我说:"衣裳穿够了吗?"他探手摩摩,里面穿了绒线背心。说:"够了。"我又说:"车钱带了没有?"他理也不理就自己走去了。

回来天已不早了,随便谈谈,傍晚时建人先生也来了。精神甚好,谈至十一时,建人先生才走。

到十二时,我急急整理卧具。催促他,警告他,时候不早了。他靠在躺椅上,说:"我再抽一支烟,你先睡吧。"

等他到床上来,看看钟,已经一时了。二时他曾起来小解,人还好好的。再睡下,三时半,见他坐起来,我也坐起来。细察他呼吸有些异常,似气喘初发的样子。后来继以咳呛,咳嗽困难,兼之气喘更加厉害。他告诉我:"两点起来过就觉睡眠不好,做噩梦。"那时正在深夜,请医生是不方便的,而且这回气喘是第三次了,也不觉得比前二次厉害。为了减轻痛苦起见,我把自己购置在家里的"忽苏尔"气喘药拿出来看:说明书上病肺的也可以服,心脏性气喘也可以服。并且说明急病每隔一二时可连服三次,所以三点四十分,我给他服药一包。至五点四十分,服第三次药,但病态并不见减轻。

从三时半病势急变起,他就不能安寝,连斜靠休息也不可能。终夜屈曲着身子,双手抱腿而坐。那种苦状,我看了难过极了。在精神上虽然我分担他的病苦,但在肉体上,是他独自担受一切的磨难。他的心脏跳动得很快,咚咚的声响,我在旁边也听得十分清澈。那时天正在放亮,我见他拿左手按右手的脉门。跳得太快了,他是晓得的。

他叫我早上七点钟去托内山先生打电话请医生。我等到六点钟就匆匆地盥洗起来,六点半左右就预备去。他坐到写字桌前,要了纸笔,戴起眼镜预备写便条。我见他气喘太苦了,我要求不要写了,由我亲口托请内山先生好了,他不答应。

无论什么事他都不肯马虎的。就是在最困苦的关头,他也支撑起来,仍旧执笔,但是写不成字,勉强写起来,每个字改正又改正。写至中途,我又要求不要写了,其余的由我口说好了。他听了很不高兴,放下笔,叹一口气,又拿起笔来续写,许久才凑成了那条子。那最后执笔的可珍贵的遗墨,现时由他的最好的老友留作纪念了。

清晨书店还没有开门,走到内山先生的寓所前,先生已走出来,匆匆地托了他打电话,我就急急地回家了。

不久内山先生也亲自到来,亲手给他药吃,并且替他按摩背脊很久。他告诉内山先生说苦得很,我们听了都非常难受。

须藤医生来了,给他注射。那时双足冰冷,医生命给他热水袋暖脚,再包裹起来。两手指甲发紫色大约是血压变态的缘故。我见医生很注意看他的手指,心想这回是很不平常而更严重了。但仍然坐在写字桌前椅子上。

后来换到躺椅上坐。八点多钟日报(十八日)到了。他问我:"报上有什么事体?"我说:"没有什么,只有《译文》的广告。"我知道他要晓得更多些,我又说:"你的翻译《死魂灵》登出来了,在头一篇上。《作家》和《中流》的广告还没有。"

我为什么提起《作家》和《中流》呢?这也是他的脾气。在往常,晚间撕日历时,如果有什么和他有关系的书出版时——但敌人骂他的文章,他倒不急于要看,——他就爱提起:"明天什么书的广告要出来了。"他怀着自己印好了一本好书出版时一样的欢情,熬至第二天早晨,等待报纸到手,就急急地披览。如果报纸到得迟些,或者报纸上没有照预定的登出广告,那么,他就失望。虚拟出种种变故,直至广告出来或刊物到手才放心。

当我告诉他《译文》广告出来了,《死魂灵》也登出了,别的也连带知道,我以为可以使他安心了。然而不!他说:"报纸把我,眼镜拿来。"我把那有广告的一张报给他,他一面喘息一面细看《译文》广告,看了好久才放下。原来他是在关心别人的文字,虽然在这样的苦恼状况底下,他还记挂着别人。这,我没有了解他,我不配崇仰他。这是他最后一次和文字接触,也是他最后一次和大众接触。那一颗可爱可敬的心呀!让他埋葬在大家的心之深处罢。

在躺椅上仍旧不能靠下来,我拿一张小桌子垫起枕头给他伏着,还是在那里喘息。医生又给他注射,但病状并不轻减,后来躺到床上了。

中午吃了大半杯牛奶,一直在那里喘息不止,见了医生似乎也在诉苦。

六点钟左右看护妇来了,给他注射和吸入酸素,氧气。

六点半钟我送牛奶给他,他说:"不要吃。"过了些时,他又问:"是不是牛奶来了?"我说:"来了。"他说:"给我吃一些。"饮了小半杯就不要了。其实是吃不下去,不过他恐怕太衰弱了支持不住,所以才勉强吃的。到此刻为止,我推测他还是希望好起来。他并不希望轻易放下他的奋斗力的。

晚饭后,内山先生通知我(内山先生为他的病从早上忙至夜里,一天没有停止):希望建人先生来。我说:"日里我问过他,要不要见见建人先生,他说不要。所以没有来。"内山先生说:"还是请他来好。"后来建人先生来了。

喘息一直使他苦恼,连说话也不方便。看护和我在旁照料,给他揩汗。腿以上不时地出汗,腿以下是冰冷的。用两个热水袋温他。每隔两小时注强心针,另外吸入氧气。

十二点那一次注射后,我怕看护熬一夜受不住,我叫她困一下,到两点钟注射时叫醒她。这时由我看护他,给他揩汗。不过汗有些黏冷,不像平常。揩他手,他就紧握我的手,而且好几次如此。陪在旁边,他就说:"时候不早了,你也可以睡了。"我说:"我不瞌睡。"为了使他满意,我就对面地斜靠在床脚上。好几次,他抬起头来看我,我也照样看他。有时我还陪笑地告诉他病似乎轻松些了。但他不说什么又躺下了。也许是这时他有什么预感吗?他没有说。我是没有想到问。后来连揩手汗时,他紧握我的手,我也没有勇气紧握回他了。我怕刺激他难过,我装作不知道。轻轻地放松他的手,给他盖好棉被。后来回想:我不知道,应不应该也紧握他的手,甚至紧紧地拥抱住他。在死神的手里把我的敬爱的人夺回来。如今是迟了!死神奏凯歌了。我那追不回的后悔呀。

从十二时至四时,中间饮过三次茶,起来解一次小手,人似乎有些烦躁,有好多次推开棉被,我们怕他受冷,连忙盖好。他一刻又推开,看护没法子,大约告诉他心脏十分贫弱,不可乱动,他往后就不大推开了。

五时,喘息看来似乎轻减,然而看护妇不等到六时就又给他注射,心想情形必不大好。同时她叫我托人请医生,那时内山先生的店员终夜在客室守候(内山先生和他的店员,这回是全体动员,营救鲁迅先生的急病的),我匆匆嘱托他,建人先生也到楼上,看见他已头稍朝内,呼吸轻微了。连打了几针也不见好转。

他们要我呼唤他,我千呼百唤也不见他应一声。天是那么黑暗,黎明之前的乌黑呀,把他卷走了。黑暗是那么大的力量,连战斗了几十年的他也抵抗不住。医生说:过了这一夜,再过了明天,没有危险了。他就来不及等待到明天,那光明的白昼呀。而黑夜,那可诅咒的黑夜,我现在天天睁着眼睛瞪它,我将诅咒它直至我的末日来临。

十一月五日,记于先生死后的二星期又四天

给亡妇

◎朱自清

谦,日子真快,一眨眼你已经死了三个年头了。这三年里世事不知变化了多少回,但你未必注意这些个,我知道。你第一惦记的是你几个孩子,第二便轮着我。孩子和我平分你的世界,你在日如此;你死后若还有知,想来还如此的。告诉你,我夏天回家来着:迈儿长得结实极了,比我高一个头。闰儿父亲说是最乖,可是没有先前胖了。采芷和转子都好。五儿全家夸她长得好看;却在腿上生了湿疮,整天坐在竹床上不能下来,看了怪可怜的。六儿,我怎么说好,你明白,你临终时也和母亲谈过,这孩子是只可以养着玩儿的,他左挨右挨去年春天,到底没有挨过去。这孩子生了几个月,你的肺病就重起来了。我劝你少亲近他,只监督着老妈子照管就行。你总是忍不住,一会儿提,一会儿抱的。可是你病中为他操的那一份儿心也够瞧的。那一个夏天他病的时候多,你成天儿忙着,汤呀,药呀,冷呀,暖呀,连觉也没有好好儿睡过。哪里有一分一毫想着你自己。瞧着他硬朗点儿你就乐,干枯的笑容在黄蜡般的脸上,我只有暗中叹气而已。

从来想不到做母亲的要像你这样。从迈儿起,你总是自己喂乳,一连四个都这样。你起初不知道按钟点儿喂,后来知道了,却又弄不惯;孩子们每夜里几次将你哭醒了,特别是闷热的夏季。我瞧你的觉老没睡足。白天里还得做菜,照料孩子,很少得空儿。你的身子本来坏,四个孩子就累你七八年。到了第五个,你自己实在不成了,又没乳,只好自己喂奶粉,另雇老妈子专管她。但孩子跟老妈子睡,你就没有放过心;夜里一听见哭,就竖起耳朵听,工夫一大就得过去看。十六年初,和你到北京来,将迈儿、转子留在家里;三年多还不能去接他们,可真把你惦记苦了。你并不常提,我却明白。你后来说你的病就是惦记出来的;那个自然也有份儿,不过大半还是养育孩子累的。你短短的十二年结婚生活,有十一年耗费在孩子们身上;而你一点不厌倦,有多少力量用多少,一直到自己毁灭为止。你对孩子一般儿爱,不问男的女的,大的小的。也不想到什么"养儿防老,积谷防饥",只拼命地爱去。你对于教育老实说有些外行,孩子们只要吃得好玩得好就成了。这也难怪你,你自己便是这样长大的。况且孩子们原都还小,吃和玩本来也要紧的。你病重的时候最放不下的还是孩子。病得只剩皮包着骨头了,总不信自己不会好;老说:"我死了,这一大群孩子可苦了。"后来说送你回家,你想着可以见迈儿和转子,也愿意;你万想不到会一去不返的。我送车的时候,你忍不住哭了,说:"还不知能不能再见?"可怜,你的心我知道,你满想着好好儿带着六个孩子回来见我的。谦,你那时一定这样想,一定的。

除了孩子,你心里只有我。不错,那时你父亲还在。可是你母亲死了,他另有个女人,你老早就觉得隔了一层似的。出嫁后第一年你虽还一心一意依恋着他老人家,到第二年上我和孩子就将你的心占住,你再没有多少工夫惦记他了。你记得第一年我在北京,你在家里。家里来信说你待不住,常回娘家去。我动气了,马上写信责备你。你教人写了一封复信,说家里有事,不能不回去。这是你第一次也可以说第末次的抗议,我从此就没给你写信。暑假时带了一肚子主意回去,但见了面,看你一脸笑,也就拉倒了。打这时候起,你渐渐从你父亲的怀里跑到我这儿。你换了金镯子帮助我的学费,叫我以后还你,但直到你死,我没有还你。你在我家受了许多气,又因为我家的缘故受你家里的气,你都忍着。这全为的是我,我知道。那回我从家乡一个中学半途辞职出走。家里人讽你也走。哪里走!只得硬着头皮往你家去。那时你家像个冰窖子,你们在窖里足足住了三个月。好容易我才将你们领出来了。一同上外省去。小家庭这样组织起来了。你虽不是什么阔小姐,可也是自小娇生惯养的。做起主妇来,什么都得干一两手;你居然做下去了,而且高高兴兴地做下去了。菜照例满是你做,可是吃的都是我们;你至多夹上两三筷子就算了。你的菜做得不坏,有一位老在行大大地夸奖过你。你洗衣服也不错,夏天我的绸大褂大概总是你亲自动手。你在家老不乐意闲着;坐前几个"月子",老是四五天就起床,说是躺着家里事没条没理的。其实你起来也还不是没条理;咱们家那么多孩子,哪儿来条理?在浙江住的时候,逃过两回兵难,我都在北平。真亏你领着母亲和一群孩子东藏西躲的;末一回还要走多少里路,翻一道大岭。这两回差不多只靠你一个人。你不但带了母亲和孩子们,还带了我一箱箱的书;你知道我是最爱书的。在短短的十二年里,你操的心比人家一辈子还多;谦,你那样身子怎么经得住!你将我的责任一股脑儿担负了去,压死了你;我如何对得起你!

你为我的劳什子书也费了不少神;第一回让你父亲的男

佣人从家乡捎到上海去。他说了几句闲话,你气得在你父亲面前哭了。第二回是带着逃难,别人都说你傻子。你有你的想头:"没有书怎么教书?况且他又爱这个玩意儿。"其实你没有晓得,那些书丢了也并不可惜;不过教你怎么晓得,我平常从来没和你谈过这些个!总而言之,你的心是可感谢的。这十二年里你为我吃的苦真不少,可是没有过几天好日子。我们在一起住,算来也还不到五个年头。无论日子怎么坏,无论是离是合,你从来没对我发过脾气,连一句怨言也没有。——别说怨我,就是怨命也没有过。老实说,我的脾气可不大好,迁怒的事儿有的是。那些时候你往往抽噎着流眼泪,从不回嘴,也不号咷。不过我也只信得过你一个人,有些话我只和你一个人说,因为世界上只你一个人真关心我,真同情我。你不但为我吃苦,更为我分苦;我之有我现在的精神,大半是你给我培养着的。这些年来我很少生病。但我最不耐烦生病,生了病就呻吟不绝,闹那伺候病的人。你是领教过一回的,那回只一两点钟,可是也够麻烦了。你常生病,却总不开口,挣扎着起来;一来怕搅我,二来怕没人做你那份儿事。我有一个坏脾气,怕听人生病,也是真的。后来你天天发烧,自己还以为南方带来的疟疾,一直瞒着我。明明躺着,听见我的脚步,一骨碌就坐起来。我渐渐有些奇怪,让大夫一瞧,这可糟了,你的一个肺已烂了一个窟窿了!大夫劝你到西山静养,你丢不下孩子,又舍不得钱;劝你在家里躺着,你也丢不下那份儿家务。越看越不行了,这才送你回去。明知凶多吉少,想不到只一个月工夫你就完了!本来盼望还见得着你,这一来可拉倒了。你也何尝想到这个?父亲告诉我,你回家独住着一所小住宅,还嫌没有客厅,怕我回去不便哪。

前年夏天回家,上你坟上去了。你睡在祖父母的下首,想来还不孤单的。只是当年祖父母的圹太小了,你正睡在圹底下。这叫作"抗圹",在生人看来是不安心的;等着想办法罢。那时圹上圹下密密地长着青草,露水浸湿了我的布鞋。你刚埋了半年多,只有圹下多出一块土,别的全然看不出新坟的样子。我和隐今夏回去,本想到你的坟上来;因为她病了,没来成。我们想告诉你,五个孩子都好,我们一定尽心教养他们,让他们对得起死了的母亲你!谦,好好儿放心安睡罢,你。

二十一年十月

死

怀念萧珊

◎巴金

一

今天是萧珊逝世的六周年纪念日。六年前的光景还非常鲜明地出现在我的眼前。那一天我从火葬场回到家中,一切都是乱糟糟的,过了两三天我渐渐地安静下来了,一个人坐在书桌前,想写一篇纪念她的文章。在五十年前我就有了这样一种习惯:有感情无处倾吐时我经常求助于纸笔。可是一九七二年八月里那几天,我每天坐三四个小时望着面前摊开的稿纸,却写不出一句话。我痛苦地想,难道给关了几年的"牛棚",真的就变成"牛"了?头上仿佛压了一块大石头,思想好像冻结了一样。我索性放下笔,什么也不写了。

六年过去了。林彪、"四人帮"及其爪牙们的确把我搞得很"狼狈",但我还是活下来了,而且偏偏活得比较健康,脑子也并不糊涂,有时还可以写一两篇文章。最近我经常去龙华火葬场,参加老朋友们的骨灰安放仪式。在大厅里我想起许多事情。同样地奏着哀乐,我的思想却从挤满了人的大厅转到只有二三十个人的中厅里去了,我们正在用哭声向萧珊的遗体告别。我记起了《家》里面觉新说过的一句话:"好像珏死了,也是一个不祥的鬼。"四十七年前我写这句话的时候,怎么想得到我是在写自己!我没有流眼泪,可是我觉得有无数锋利的指甲在搔我的心。我站在死者遗体旁边,望着那张惨白色的脸,那两片咽下千言万语的嘴唇,我咬紧牙齿,在心里唤着死者的名字。我想,我比她大十三岁,为什么不让我先死?我想,这是多么不公平!她究竟犯了什么罪?她也给关进"牛棚",挂上"牛鬼蛇神"的小纸牌,还扫过马路。究竟为什么?理由很简单,她是我的妻子。她患了病,得不到治疗,也因为她是我的妻子。想尽办法一直到逝世前三个星期,靠开后门她才住进医院。但是癌细胞已经扩散,肠癌变成了肝癌。

她不想死,她要活,她愿意改造思想,她愿意看到社会主义建成。这个愿望总不能说是痴心妄想吧。她本来可以活下去,倘使她不是"黑老K"的"臭婆娘"。一句话,是我连累了她,是我害了她。

在我靠边的几年中间,我所受到的精神折磨她也同样受到。但是我并未挨过打,她却挨了"北京来的红卫兵"的铜头皮带,留在她左眼上的黑圈好几天以后才褪尽。她挨打只是为了保护我,她看见那些年轻人深夜闯进来,害怕他们把我揪走,便溜出大门,到对面派出所去,请民警同志出来干预。那里只有一个人值班,不敢管。当着民警的面,她被他们用铜头皮带狠狠抽了一下,给押了回来,同我一起关在马桶间里。

她不仅分担了我的痛苦,还给了我不少的安慰和鼓励。在"四害"横行的时候,我在原单位(中国作家协会上海分会)给人当作"罪人"和"贱民"看待,日子十分难过,有时到晚上九十点钟才能回家。我进了门看到她的面容,满脑子的乌云都消散了。我有什么委屈、牢骚,都可以向她尽情倾吐。有一个

时期我和她每晚临睡前要服两粒眠尔通才能够闭眼,可是天刚刚发白就都醒了。我唤她,她也唤我。我诉苦般地说:"日子难过啊!"她也用同样的声音回答:"日子难过啊!"但是她马上加一句:"要坚持下去。"或者再加一句:"坚持就是胜利。"我说"日子难过",因为在那一段时间里,我每天在"牛棚"里面劳动、学习、写交代、写检查、写思想汇报。任何人都可以责骂我、教训我、指挥我。从外地到"作协分会"来串连的人可以随意点名叫我出去"示众",还要自报罪行。上下班不限时间,由管理"牛棚"的"监督组"随意决定。任何人都可以闯进我家里来,高兴拿什么就拿走什么。这个时候大规模的群众性批斗和电视批斗大会还没有开始,但已经越来越逼近了。

　　她说"日子难过",因为她给两次揪到机关,靠边劳动,后来也常常参加陪斗。在淮海中路"大批判专栏"上张贴着批判我的罪行的大字报,我一家人的名字都给写出来"示众",不用说"臭婆娘"的大名占着显著的地位。这些文字像虫子一样咬痛她的心。她让上海戏剧学院"狂妄派"学生突然袭击、揪到"作协分会"去的时候,在我家大门上还贴了一张揭露她的所谓罪行的大字报。幸好当天夜里我儿子把它撕毁。否则这一张大字报就会要了她的命!

　　人们的白眼,人们的冷嘲热骂蚕食着她的身心。我看出来她的健康逐渐遭到损害。表面上的平静是虚假的。内心的痛苦像一锅煮沸的水,她怎么能遮盖住!怎么能使它平静!她不断地给我安慰,对我表示信任,替我感到不平。然而她看到我的问题一天天地变得严重,上面对我的压力一天天地增加,她又非常担心。有时同我一起上班或者下班,走近巨鹿路口,快到"作协分会",或者走近湖南路口,快到我们家,她总是抬不起头。我理解她，同情她，也非常担心她经受不起沉重的打击。我记得有一天到了平常下班的时间，我们没有受到留难，回到家里她比较高兴，到厨房去烧菜。我翻看当天的报纸，在第三版上看到当时做了"作协分会"的"头头"的两个工人作家写的文章《彻底揭露巴金的反革命真面目》。真是当头一棒！我看了两三行，连忙把报纸藏起来，我害怕让她看见。她端着烧好的菜出来，脸上还带笑容，吃饭时她有说有笑。饭后她要看报，我企图把她的注意力引到别处。但是没有用，她找到了报纸。她的笑容一下子完全消失。这一夜她再没有讲话，早早地进了房间。我后来发现她躺在床上小声哭着。一个安静的夜晚给破坏了。今天回想当时的情景，她那张满是泪痕的脸还在我的眼前。我多么愿意让她的泪痕消失，笑容在她那憔悴的脸上重现，即使减少我几年的生命来换取我们家庭生活中一个宁静的夜晚，我也心甘情愿！

二

我听周信芳同志的媳妇说，周的夫人在逝世前经常被打手们拉出去当作皮球推来推去，打得遍体鳞伤。有人劝她躲开，她说："我躲开，他们就要这样对付周先生了。"萧珊并未受到这种新式体罚。可是她在精神上给别人当皮球打来打去。她也有这样的想法：她多受一点精神折磨，可以减轻对我的压力。其实这是她一片痴心，结果只苦了她自己。我看见她一天天地憔悴下去，我看见她的生命之火逐渐熄灭，我多么痛心。我劝她，安慰她，我想把她拉住，一点也没有用。

她常常问我："你的问题什么时候才解决呢？"我苦笑地

说:"总有一天会解决的。"她叹口气说:"我恐怕等不到那个时候了。"后来她病倒了,有人劝她打电话找我回家,她不知从哪里得来的消息,她说:"他在写检查,不要打岔他。他的问题大概可以解决了。"等到我从五七干校回家休假,她已经不能起床。她还问我检查写得怎样,问题是否可以解决。我当时的确在写检查,而且已经写了好几次了。他们要我写,只是为了消耗我的生命。但她怎么能理解呢?

这时离她逝世不过两个多月,癌细胞已经扩散,可是我们不知道,想找医生给她认真检查一次,也毫无办法。平日去医院挂号看门诊,等了许久才见到医生或者实习医生,随便给开个药方就算解决问题。只有在发烧到摄氏三十九度才有资格挂急诊号,或者还可以在病人拥挤的观察室里待上一天半天。当时去医院看病找交通工具也很困难,常常是我女婿借了自行车来,让她坐在车上,他慢慢地推着走。有一次她雇到小三轮卡去看病,看好门诊回家雇不到车了,只好同陪她看病的朋友一起慢慢地走回来,走走停停,走到街口,她快要倒下了,只得请求行人到我们家通知。她一个表侄正好来探病,就由他去把她背了回家。她希望拍一张 X 光片子查一查肠子有什么病,但是办不到。后来靠了她一位亲戚帮忙开后门两次拍片,才查出她患肠癌。以后又靠朋友设法开后门住进了医院。她自己还很高兴,以为得救了。只有她一个人不知真实的病情,她在医院里只活了三个星期。

我休假回家假期满了,我又请过两次假,留在家里照料病人。最多也不到一个月。我看见她病情日趋严重,实在不愿意把她丢开不管,我要求延长假期的时候,我们那个单位的一个"工宣队"头头逼着我第二天就回干校去。我回到家里,她问起来,我无法隐瞒。她叹了一口气,说:"你放心去吧。"她把脸掉过去,不让我看她。我女儿、女婿看到这种情景,自告奋勇跑到巨鹿路向那位"工宣队"头头解释,希望同意我在市区多留些日子照料病人。可是那个头头"执法如山",还说:他不是医生,留在家里,有什么用!"留在家里对他改造不利!"他们气愤地回到家中,只说机关不同意,后来才对我传达了这句"名言"。我还能讲什么呢?明天回干校去!

整个晚上她睡不好,我更睡不好。出乎意外,第二天一早我那个插队落户的儿子在我们房间里出现了,他是昨天半夜里到的。他得到了家信,请假回家看母亲,却没有想到母亲病成这样。我见了他一面,把他母亲交给他,就回干校去了。

在车上我的情绪很不好。我实在想不通为什么会有这样的事情。我在干校待了五天,无法同家里通消息。我已经猜到她的病不轻了。可是人们不让我过问她的事情。这五天是多么难熬的日子!到第五天晚上在干校的"造反派"头头通知我们全体第二天一早回市区开会。这样我又回到了家,见到我的爱人。靠了朋友帮忙,她可以住进中山医院肝癌病房,一切都准备好,她第二天就要住院了。她多么希望住院前见我一面,我终于回来了。连我也没有想到她的病情发展得这么快。我们见了面,我一句话也讲不出来。她说了一句:"我到底住院了。"我答说:"你安心治疗吧。"她父亲也来看她,老人家双目失明,去医院探病有困难,可能是来同他的女儿告别了。

我吃过中饭,就去参加给别人戴上反革命帽子的大会,受批判、戴帽子的人不止一个,其中有一个我的熟人,他过去也是作家,不过比我年轻。我们一起在"牛棚"里关过一个时期,

他的罪名是"摘帽右派"。他不服,不肯听话,他贴出大字报,声明"自己解放自己",因此罪名越搞越大,给捉去关了一个时期不算,还戴上了反革命的帽子监督劳动。在会场里我一直像在做怪梦。开完会回家,见到萧珊我感到格外亲切,仿佛重回人间。可是她不舒服,不想讲话,偶尔讲一句半句。我还记得她讲了两次:"我看不到了。"我连声问她看不到什么,她后来才说:"看不到你解决了。"我还能再讲什么呢?

我儿子在旁边,垂头丧气,精神不好,晚饭只吃了半碗,像是患感冒。她忽然指着他小声说:"他怎么办呢?"他当时在安徽山区农村已经待了三年半,政治上没有人管,生活上不能养活自己,而且因为是我的儿子,给剥夺了好些公民权利。他先学会沉默,后来又学会抽烟。我怀着内疚的心情看看他。我后悔当初不该写小说,更不该生儿育女。我还记得前两年在痛苦难熬的时候她对我说:"孩子们说爸爸做了坏事,害了我们大家。"这好像用刀子在割我身上的肉。我没有出声,我把泪水全吞在肚里。她睡了一觉醒过来忽然问我:"你明天不去了?"我说:"不去了。"就是那个"工宣队"头头今天通知我不用再去干校就留在市区。他还问我:"你知道萧珊是什么病?"我答说:"知道。"其实家里瞒住我,不给我知道真相,我还是从他这句问话里猜到的。

三

第二天早晨她动身去医院,一个朋友和我女儿、女婿陪她去。她穿好衣服等候车来。她显得急躁,又有些留恋,东张张西望望,她也许在想是不是能再看到这里的一切。我送走她,心上反而加了一块大石头。

将近二十天里，我每天去医院陪伴她大半天。我照料她，我坐在病床前守着她，同她短短地谈几句话。她的病情恶化，一天天衰弱下去，肚子却一天天大起来，行动越来越不方便。当时病房里没有人照料，生活方面除饮食外一切都必须自理。后来听同病房的人称赞她"坚强"，说她每天早晚都默默地挣扎着下了床，走到厕所。医生对我们谈起，病人的身体经不住手术，最怕的是她的肠子堵塞，要是不堵塞，还可以拖延一个时期。她住院后的半个月是一九六六年八月以来我既感痛苦又感到幸福的一段时间，是我和她在一起度过的最后的平静的时刻，我今天还不能将它忘记。但是半个月以后，她的病情又有了发展，一天吃中饭的时候，医生通知我儿子找我去谈话。他告诉我：病人的肠子给堵住了，必须开刀。开刀不一定有把握，也许中途出毛病。但是不开刀，后果更不堪设想。他要我决定，并且要我劝她同意。我做了决定，就去病房对她解释。我讲完话，她只说了一句："看来，我们要分别了。"她望着我，眼睛里全是泪水。我说："不会的……"我的声音哑了。接着护士长来安慰她，对她说："我陪你，不要紧的。"她回答："你陪我就好。"时间很紧迫，医生、护士们很快做好了准备，她给送进手术室去了，是她的表侄把她推到手术室门口的。我们就在外面走廊上等了好几个小时，等到她平安地给送出来，由儿子把她推回到病房去。儿子还在她的身边守过一个夜晚。过两天他也病倒了，查出来他患肝炎，是从安徽农村带回来的。本来我们想瞒住他的母亲，可是无意间让他母亲知道了。她不断地问："儿子怎么样？"我自己也不知道儿子怎么样，我怎么能使她放心呢？晚上回到家，走进空空的、静静的房间，

死

我几乎要叫出声来:"一切都朝我的头打下来吧,让所有的灾祸都来吧。我受得住!"

我应当感谢那位热心而又善良的护士长,她同情我的处境,要我把儿子的事情完全交给她办。她做好安排,陪他看病、检查,让他很快住进别处的隔离病房,得到及时的治疗和护理。他在隔离病房里苦苦地等候母亲病情的好转。母亲躺在病床上,只能有气无力地说几句短短的话,她经常问:"棠棠怎么样?"从她那双含泪的眼睛里我明白她多么想看见她最爱的儿子。但是她已经没有精力多想了。

她每天给输血,打盐水针。她看见我去就断断续续地问我:"输多少西西的血?该怎么办?"我安慰她:"你只管放心。没有问题,治病要紧。"她不止一次地说:"你辛苦了。"我有什么苦呢?我能够为我最亲爱的人做事情,哪怕做一件小事,我也高兴!后来她的身体更不行了。医生给她输氧气,鼻子里整天插着管子。她几次要求拿开,这说明她感到难受,但是听了我们的劝告,她终于忍受下去了。开刀以后她只活了五天。谁也想不到她会去得这么快!五天中间我整天守在病床前,默默地望着她在受苦(我是设身处地感觉到这样的),可是她除了两三次要求搬开床前巨大的氧气筒,三四次表示担心输血较多付不出医药费之外,并没有抱怨过什么。见到熟人她常有这样一种表情:请原谅我麻烦了你们。她非常安静,但并未昏睡,始终睁大两只眼睛。眼睛很大,很美,很亮。我望着,望着,好像在望快要燃尽的烛火。我多么想让这对眼睛永远亮下去!我多么害怕她离开我!我甚至愿意为我那十四卷"邪书"受到千刀万剐,只求她能安静地活下去。

不久前我重读梅林写的《马克思传》,书中引用了马克思给女儿的信里的一段话,讲到马克思夫人的死。信上说:"她很快就咽了气。……这个病具有一种逐渐虚脱的性质,就像由于衰老所致一样。甚至在最后几小时也没有临终的挣扎,而是慢慢地沉入睡乡。她的眼睛比任何时候都更大、更美、更亮!"这段话我记得很清楚。马克思夫人也死于癌症。我默默地望着萧珊那对很大、很美、很亮的眼睛,我想起这段话,稍微得到一点安慰,听说她的确也"没有临终的挣扎",也是"慢慢地沉入睡乡"。我这样说,因为她离开这个世界的时候,我不在她的身边。那天是星期天,卫生防疫站因为我们家发现了肝炎病人,派人上午来做消毒工作。她的表妹有空愿意到医院去照料她,讲好我们吃过中饭就去接替。没有想到我们刚刚端起饭碗,就得到传呼电话,通知我女儿去医院,说是她妈妈"不行"了。真是晴天霹雳!我和我女儿、女婿赶到医院。她那张病床上连床垫也给拿走了。别人告诉我她在太平间。我们又下了楼赶到那里,在门口遇见表妹。还是她找人帮忙把"咽了气"的病人抬进来的。死者还不曾给放进铁匣子里送进冷库,她躺在担架上,但已经给白布床单包得紧紧的,看不到面容了。我只看到她的名字。我弯下身子,把地上那个还有点人形的白布包拍了好几下,一面哭着唤她的名字。不过几分钟的时间。这算是什么告别呢?

据表妹说,她逝世的时刻,表妹也不知道。她曾经对表妹说:"找医生来。"医生来过,并没有什么。后来她就渐渐地"沉入睡乡"。表妹还以为她在睡眠。一个护士来打针,才发觉她的心脏已经停止跳动了。我没有能同她诀别,我有许多话没有能向她倾吐,她不能没有留下一句遗言就离开我!我后来常常想,她对表妹说:"找医生来。"很可能不是"找医生",是

"找李先生"(她平日这样称呼我)。为什么那天上午偏偏我不在病房呢？家里人都不在她身边,她死得这样凄凉!

我女婿马上打电话给我们仅有的几个亲戚。她的弟媳赶到医院,马上晕了过去。三天以后在龙华火葬场举行告别仪式。她的朋友一个也没有来。因为一则我们没有通知,二则我是一个审查了将近七年的对象。没有悼词,没有吊客,只有一片伤心的哭声。我衷心感谢前来参加仪式的少数亲友和特地来帮忙的我女儿的两三个同学。最后,我跟她的遗体告别,女儿望着遗容哀哭,儿子在隔离病房还不知道把他当作命根子的妈妈已经死亡。值得提说的是她当作自己儿子照顾了好些年的一位亡友的男孩从北京赶来,只为了见她的最后一面。这个整天同钢铁打交道的技术员,他的心倒不像钢铁那样。他得到电报以后,他爱人对他说:"你去吧,你不去一趟,你的心永远安定不了。"我在变了形的她的遗体旁边站了一会。别人给我和她照了相。我痛苦地想:这是最后一次了,即使给我们留下来很难看的形象,我也要珍视这个镜头。

一切都结束了。过了几天我和女儿、女婿到火葬场,领到了她的骨灰盒。在存放室寄存了三年之后,我按期把骨灰盒接回家里。有人劝我把她的骨灰安葬,我宁愿让骨灰盒放在我的寝室里,我感到她仍然和我在一起。

四

梦魇一般的日子终于过去了。六年仿佛一瞬间似的远远地落在后面了。其实哪里是一瞬间!这段时间里有多少流着血和泪的日子啊。不仅是六年,从我开始写这篇短文到现在又过去了半年,半年中我经常在火葬场的大厅里默哀,行礼,为了纪念给"四人帮"迫害致死的朋友。想到他们不能把个人的智慧和才华献给社会主义祖国,我万分惋惜。每次戴上黑纱、插上纸花的同时,我也想起我自己最亲爱的朋友,一个普通的文艺爱好者,一个成绩不大的翻译工作者,一个心地善良的人。她是我的生命的一部分,她的骨灰里有我的泪和血。

她是我的一个读者。一九三六年我在上海第一次同她见面。一九三八年和一九四一年我们两次在桂林像朋友似的住在一起。一九四四年我们在贵阳结婚。我认识她的时候,她还不到二十,对她的成长我应当负很大的责任。她读了我的小说,给我写信,后来见到了我,对我发生了感情。她在中学念书,看见我以前,因为参加学生运动被学校开除,回到家乡住了一个短时期,又出来进另一所学校。倘使不是为了我,她三七、三八年一定去了延安。她同我谈了八年的恋爱,后来到贵阳旅行结婚,只印发了一个通知,没有摆过一桌酒席。从贵阳我和她先后到了重庆,住在民国路文化生活出版社门市部楼梯下七八个平方米的小屋里。她托人买了四只玻璃杯开始组织我们的小家庭。她陪着我经历了各种艰苦生活。在抗日战争紧张的时期,我们一起在日军进城以前十多个小时逃离广州,我们从广东到广西,从昆明到桂林,从金华到温州,我们分散了,又重见,相见后又别离。在我那两册《旅途通讯》中就有一部分这种生活的记录。四十年前有一位朋友批评我:"这算什么文章!"我的《文集》出版后,另一位朋友认为我不应当把它们也收进去。他们都有道理。两年来我对朋友、对读者讲过不止一次,我决定不让《文集》重版。但是为我自己,我要经常翻看那两小册《通讯》。在那些年代,每当我落在困苦的

境地里、朋友们各奔前程的时候,她总是亲切地在我的耳边说:"不要难过,我不会离开你,我在你的身边。"的确,只有在她最后一次进手术室之前她才说过这样一句:"我们要分别了。"

我同她一起生活了三十多年。但是我并没有好好地帮助过她。她比我有才华,却缺乏刻苦钻研的精神。我很喜欢她翻译的普希金和屠格涅夫的小说。虽然译文并不恰当,也不是普希金和屠格涅夫的风格,它们却是有创造性的文学作品,阅读它们对我是一种享受。她想改变自己的生活,不愿做家庭妇女,却又缺少吃苦耐劳的勇气。她听一个朋友的劝告,得到后来也是给"四人帮"迫害致死的叶以群同志的同意,到《上海文学》"义务劳动",也做了一点点工作,然而在运动中却受到批判,说她专门向老作家、反动权威组稿,又说她是我派去的"坐探"。她为了改造思想,想走捷径,要求参加"四清"运动,找人推荐到某铜厂的工作组工作,工作相当忙碌、紧张,她却精神愉快。但是到我快要靠边的时候,她也被叫回"作协分会"参加运动。她第一次参加这种急风暴雨般的斗争,而且是以反动权威家属的身份参加,她不知道该怎么办才好。她张皇失措,坐立不安,替我担心,又为儿女的前途忧虑。她盼望什么人向她伸出援助的手,可是朋友们离开了她,"同事们"拿她当作箭靶,还有人想通过整她来整我。她不是"作协分会"或者刊物的正式工作人员,可是仍然被"勒令"靠边劳动、站队挂牌,放回家以后,又给揪到机关。过一个时期,她写了认罪的检查,第二次给放回家的时候,我们机关的"造反派"头头却通知里弄委员会罚她扫街。她怕人看见,每天大清早起来,拿着扫帚出门,扫得精疲力尽,才回到家里,关上大门,吐了一口气。但有时她还碰到上学去的小孩,对她叫骂"巴金的臭婆娘"。我偶尔看见她拿着扫帚回来,不敢正眼看她,我感到负罪的心情,这是对她的一个致命的打击。不到两个月,她病倒了,以后就没有再出去扫街(我妹妹继续扫了一个时期),但是也没有完全恢复健康。尽管她还继续拖了四年,但一直到死她并不曾看到我恢复自由。这就是她的最后,然而绝不是她的结局。她的结局将和我的结局连在一起。

我绝不悲观。我要争取多活。我要为我们社会主义祖国工作到生命的最后一息。在我丧失工作能力的时候,我希望病榻上有萧珊翻译的那几本小说。等到我永远闭上眼睛,就让我的骨灰同她的搀和在一起。

1979年1月16日写完

死

祖父死了的时候

◎萧红

　　祖父总是有点变样子,他喜欢流起眼泪来,同时过去很重要的事情他也忘掉。比方过去那一些他常讲的故事,现在讲起来,讲了一半下一半他就说:"我记不得了。"

　　某夜,他又病了一次,经过这一次病,他竟说:"给你三姑写信,叫她来一趟,我不是四五年没看过她吗?"他叫我写信给我已经死去五年的姑母。

　　那次离家是很痛苦的。学校来了开学通知信,祖父又一天一天地变样起来。

　　祖父睡着的时候,我就躺在他的旁边哭,好像祖父已经离开我死去似的,一面哭着一面抬头看他凹陷的嘴唇。我若死掉祖父,就死掉我一生最重要的一个人,好像他死了就把人间一切"爱"和"温暖"带得空空虚虚。我的心被丝线扎住或铁丝绞住了。

　　我联想到母亲死的时候。母亲死以后,父亲怎样打我,又娶一个新母亲来。这个母亲很客气,不打我,就是骂,也是指着桌子或椅子来骂我。客气是越客气了,但是冷淡了,疏远了,生人糕。

　　"到院子去玩玩吧!"祖父说了这话之后,在我的头上撞了一下,"喂!你看这是什么!"一个黄金色的橘子落到我的手中。

夜间不敢到茅厕去,我说:"妈妈同我到茅厕去趟吧。"

"我不去!"

"那我害怕呀!"

"怕什么?"

"怕什么? 怕鬼怕神?"父亲也说话了,把眼睛从眼镜上面看着我。

冬天,祖父已经睡下,赤着脚,开着纽扣跟我到外面茅厕去。

学校开学,我迟到了四天。三月里,我又回家一次,正在外面叫门,里面小弟弟嚷着:"姐姐回来了! 姐姐回来了!"大门开时,我就远远注意着祖父住着的那间房子。果然祖父的面孔和胡子闪现在玻璃窗里。我跳着笑着跑进屋去。但不是高兴,只是心酸,祖父的脸色更惨淡更白了。等屋子里一个人没有时,他流着泪,他慌慌忙忙地一边用袖口擦着眼泪,一边抖动着嘴唇说:"爷爷不行了,不知早晚……前些日子好险没跌……跌死。"

"怎么跌的?"

"就是在后屋,我想去解手,招呼人,也听不见,按电铃也没有人来,就得爬啦。还没到后门口,腿颤,心跳,眼前发花了一阵就倒下去。没跌断了腰……人老了,有什么用处! 爷爷是八十一岁呢。"

"爷爷是八十一岁。"

"没用了,活了八十一岁还是在地上爬呢! 我想你看不着爷爷了,谁知没有跌死,我又慢慢爬到炕上。"

我走的那天也是和我回来那天一样,白色的脸的轮廓闪现在玻璃窗里。

在院心我回头看着祖父的面孔,走到大门口,在大门口我仍可看见,出了大门,就被门扇遮断。

从这一次祖父就与我永远隔绝了。虽然那次和祖父告别,并没说出一个永别的字。我回来看祖父,这回门前吹着喇叭,幡杆挑得比房头更高,马车离家很远的时候,我已看到高高的白色幡杆了,吹鼓手们的喇叭苍凉地在悲号。马车停在喇叭声中,大门前的白幡,白对联,院心的灵棚,闹嚷嚷许多人,吹鼓手们响起呜呜的哀号。

这回祖父不坐在玻璃窗里,是睡在堂屋的板床上,没有灵魂地躺在那里。我要看一看他白色的胡子,可是怎样看呢!拿开他脸上蒙着的纸吧,胡子、眼睛和嘴,都不会动了,他真的一点感觉也没有了?我从祖父的袖管里去摸他的手,手也没有感觉了。祖父这回真死去了啊!

祖父装进棺材去的那天早晨,正是后园里玫瑰花开放满树的时候。我扯着祖父的一张被角,抬向灵前去。吹鼓手在灵前吹着大喇叭。

我怕起来,我号叫起来。

"咣咣!"黑色的,半尺厚的灵柩盖子压上去。

吃饭的时候,我饮了酒,用祖父的酒杯饮的。饭后我跑到后园玫瑰树下去卧倒,园中飞着蜂子和蝴蝶,绿草的清凉的气味,这都和十年前一样。可是十年前死了妈妈。妈妈死后我仍是在园中扑蝴蝶;这回祖父死去,我却饮了酒。

过去的十年我是和父亲打斗着生活。在这期间我觉得人是残酷的东西。父亲对我是没有好面孔的,对于仆人也是没有好面孔的,他对于祖父也是没有好面孔的。因为仆人是穷人,祖父是老人,我是个小孩子,所以我们这些完全没有保障的人就落到他的手里。后来我看到新娶来的母亲也落到他的手里,他喜欢她的时候,便同她说笑,他恼怒时便骂她,母亲渐渐也怕起父亲来。

母亲也不是穷人,也不是老人,也不是孩子,怎么也怕起父亲来呢?我到邻家去看看,邻家的女人也是怕男人。我到舅父家去,舅母也是怕舅父。

我懂得的尽是些偏僻的人生,我想世间死了祖父,就没有再同情我的人了,世间死了祖父,剩下的尽是些凶残的人了。

我饮了酒,回想,幻想……

以后我必须不要家,到广大的人群中去,但我在玫瑰树下颤怵了,人群中没有我的祖父。

所以我哭着,整个祖父死的时候我哭着。

我的祖母之死

◎徐志摩

一

　　一个单纯的孩子,过他快活的时光,与匆匆的,活泼泼的,何尝识别生存与死亡?

　　这四行诗是英国诗人华茨华斯(William Wordsworth)一首有名的小诗叫作"我们是七人"(We Are Seven)的开端,也就是他的全诗的主意。这位爱自然,爱儿童的诗人,有一次碰着一个八岁的小女孩,发卷蓬松地可爱,他问她兄弟姊妹共有几人,她说我们是七个,两个在城里,两个在外国,还有一个姊妹一个哥哥,在她家里附近教堂的墓园里埋着。但她小孩的心理,却不分清生与死的界限,她每晚携着她的干点心与小盘皿,到那墓园的草地里,独自地吃,独自地唱,唱给她的在土堆里眠着的兄姊听,虽则他们静悄悄的莫有回响,她烂漫的童心却不曾感到生死间有不可思议的阻隔;所以任凭华翁多方地譬解,她只是睁着一双灵动的小眼,回答说:

　　"可是,先生,我们还是七人。"

二

其实华翁自己的童真，也不比那小女孩的完全：他曾经说"在孩童时期，我不能相信我自己有一天也会得悄悄地躺在坟里，我的骸骨会得变成尘土"。又一次他对人说"我做孩子时最想不通的，是死的这回事将来也会得轮到我自己身上"。

孩子们天生是好奇的，他们要知道猫儿为什么要吃耗子，小弟弟从哪里变出来的，或是究竟先有鸡还是先有鸡蛋；但人生最重大的变端——死的见象与实在，他们也只能含糊地看过，我们不能期望一个个小孩子们都是搔头穷思的丹麦王子。他们临到丧故，往往跟着大人啼哭；但他只要眼泪一干，就会到院子里踢毽子，赶蝴蝶，就使在屋子里长眠不醒了的是他们的亲爹或亲娘，大哥或小妹，我们也不能盼望悼死的悲哀可以完全翳蚀了他们稚羊小狗似的欢欣。你如其对孩子说，你妈死了，你知道不知道——他十次里有九次只是对着你发呆；但他等到要妈叫妈，妈偏不应的时候，他的嫩颊上就会有热泪流下。但小孩天然的一种表情，往往可以给人们最深的感动。我生平最忘不了的一次电影，就是描写一个小孩爱恋已死母亲的种种天真的情景。她在园里看种花，园丁告诉她这花在泥里，浇下水去，就会长大起来。那天晚上天下大雨，她睡在床上，被雨声惊醒了，忽然想起园丁的话，她的小脑筋里就发生了绝妙的主意。她偷偷地爬出了床，走下楼梯，到书房里去拿下桌上供着的她死母的照片，一把揣在怀里，也不顾倾倒着的大雨，一直走到园里，在地上用园丁的小锄掘松了泥土，把她怀里的亲妈，谨慎地取了出来，栽在泥里，把松泥掩护着；她

做完了工就蹲在那里守候——一个三四岁的女孩,穿着白色的睡衣,在深夜的暴雨里,蹲在露天的地上,专心笃意地盼望已经死去的亲娘,像花草一般,从泥土里发长出来!

三

我初次遭逢亲属的大故,是二十年前我祖父的死,那时我还不满六岁。那是我生平第一次可怕的经验,但我追想当时的心理,我对于死的见解也不见得比华翁的那位小姑娘高明。我记得那天夜里,家里人吩咐祖父病重,他们今夜不睡了,但叫我和我的姊妹先上楼睡去,回头要我们时他们会来叫的。我们就上楼去睡了,底下就是祖父的卧房,我那时也不十分明白,只知道今夜一定有很怕的事,有火烧,强盗抢,做怕梦,一样的可怕。我也不十分睡着,只听得楼下的脚步声,碗碟声,唤婢仆声,隐隐的哭泣声,不息地响着。过了半夜,他们上来把我从睡梦里抱了下去,我醒过来只听得一片的哭声,他们已经把长条香点起来,一屋子的烟,一屋子的人,围拢在床前,哭的哭,喊的喊,我也挨了过去,在人丛里偷看大床里的好祖父。忽然听说醒了醒了,哭喊声也歇了,我看见父亲爬在床里,把病父抱持在怀里,祖父倚在他的身上,双眼紧闭着,口里衔着一块黑色的药物他说话了,很清的声音,虽则我不曾听明他说的什么话,后来知道他经过了一阵昏晕,他又醒了过来对家人说:"你们吃吓了,这算是小死。"他接着又说了好几句话,随讲音随低,呼气随微,去了,再不醒了,但我却不曾亲见最后的弥留,也许是我记不起,总之我那时早已跪在地板上,手里擎着香,跟着大众高声地哭喊了。

四

此后我在亲戚家收殓虽则看得不少,但死的实在的状况却不曾见过。我们念书人的幻想力是较比地丰富,但往往因为有了幻想力,就不管生命现象的实在,结果是书呆子,陆放翁说的"百无一用是书生"。人生的范围是无穷的:我们少年时精力充足什么都不怕尝试,只愁没有出奇的事情做,往往抱怨这宇宙太窄,青天太低,大鹏似的翅膀飞不痛快,但是……但是平心地说,且不论奇的,怪的,特别的,离奇的,我们姑且试问人生里最基本的事实,最单纯的,最普遍的,最平庸的,最近人情的经验,我们究竟能有多少的把握,我们能有多少深刻的了解,我们是否都亲身经历过?譬如说:生产,恋爱,痛苦,悲,死,妒,恨,快乐,真疲倦,真饥饿,渴,毒焰似的渴,真的幸福,冻的刑罚,忏悔,种种的情热。我可以说,我们平常人生观,人类,人道,人情,真理,哲理,本能等等名词不离口吻的念书人们,什么文学家,什么哲学家——关于真正人生基本的事实的实在,知道的——恐怕是极微至鲜,即使不等于圆圈。我有一个朋友,他和他夫人的感情极厚,一次他夫人临到难产,因为在外国,所以进医院什么都得他自己照料,最后医生宣言只有用手术一法,但性命不能担保,他没有法子,只好和他半死的夫人诀别(解剖时亲属不准在旁的)。满心毒魔似的难受,他出了医院,走在道上,走上桥去,像得了离魂病似的,心脉舂臼似的跳着,最后他听着了教堂和缓的钟声,他就不自主地跟着钟声,进了教堂,跟着在做礼拜的跪着,祷告,忏悔,祈求,唱诗,流泪。(他并不是信教的人。)他这样地捱过时刻,后

来回转医院时,一步步都是惨酷的磨难,比上行刑场的犯人,加倍地难受,他怕见医生与看护妇,仿佛他的运命是在他们的手掌里握着。事后他对人说:"我这才知道了人生一点子的意味!"

五

所以不曾经历过精神或心灵的大变的人们,只是在生命的户外徘徊,也许偶尔猜想到几分墙内的动静,但总是浮的浅的,不切实的,甚至完全是隔膜的。人生也许是个空虚的幻梦,但在这幻象中,生与死,恋爱与痛苦,毕竟是陡起的奇峰,应得激动我们彷徨者的注意,在此中也许有可以感悟到一些幻里的真,虚中的实,这浮动的水泡不曾破裂以前,也应得饱吸自由的日光,反射几丝颜色!

我是一只不羁的野驹,我往往纵容想象的猖狂,诡辩人生的现实;比如凭藉凹折的玻璃,觉察当前景色。但时而复再,我也能从烦嚣的杂响中听出清新的乐调,在炫耀的杂彩里,看出有条理的意匠。这次祖母的大故,老家庭的生活,给我不少静定的时刻,不少深刻的反省。我不敢说我因此感悟了部分的真理,或是取得了若干的智慧;我只能说我因此与实际生活更深了一层的接触,益发激动我对于人生种种好奇的探讨,益发使我惊讶这迷迷的玄妙,不但死是神奇的现象,不但生命与呼吸是神奇的现象,就连日常的生活与习惯与迷信,也好像放射着异样的光闪,不容我们擅用一两个形容词来概状,更不容我们倡言什么主义来抹煞——一个革新者的热心,碰着了实在的寒冰!

六

我在我的日记里翻出一封不曾写完不曾付寄的信,是我祖母死后第二天的早上写的。我那时在极强烈的极鲜明的时刻内,很想把那几日经过感想与疑问,痛快地写给一个同情的好友,使他在数千里外也能分尝我强烈的鲜明的感情。那位同情的好友我选中了通伯,但那封信却只起了一个呆重的头,一为丧中忙,二为我那时眼热不耐用心,始终不曾写就,一直捱到现在再想补写,恐怕强烈已经变弱,鲜明已经透阁,逃亡的囚徒,不易追获的了。我现在把那封残信录在这里,再来追摹当时的情景。

通伯:我的祖母死了!从昨夜十时半起,直到现在,满屋子只是号啕呼抢的悲音。与和尚道士女僧的礼忏鼓磬声。二十年前祖父丧时的情景。如今又在眼前了。忘不了的情景!你愿否听我讲些?

我一路回家,怕的是也许已经见不到老人,但老人却在生死的交关仿佛存心地弥留着,等待她最钟爱的孙儿——即不能与他开言诀别,也使他尚能把握她依然温暖的手掌,抚摩她依然跳动着的胸怀。凝视她依然能自开自阖虽则不再能表情的目睛。她的病是脑充血的一种,中医称为"卒中"(最难救的中风)。她十日前在暗房里踬仆倒地,从此不再开口出言,登仙似的结束了她八十四年的长寿,六十年良妻与贤母的辛勤,她现在已经永远的脱辞了烦恼的人间,还归她清净自在的来处。我们承受她一生的厚爱与荫泽的儿孙,此时亲见,将来追念,她最后的神化，不能自禁中怀的摧痛，热泪暴雨似的盆涌，然痛心中却亦隐有无穷的赞美，热泪中依稀想见她功成德备的微笑，无形中似有不朽的灵光，永远地临照她绵衍的后裔……

七

旧历的乞巧那一天，我们一大群快活的游踪，驴子灰的黄的白的，轿子四个脚夫抬的，正在山海关外，迂回地，曲折地绕登角山的栖贤寺，面对着残圮的长城，巨虫似的爬山越岭，隐入烟霭的迷茫。那晚回北戴河海滨住处，已经半夜，我们还打算天亮四点钟上莲峰山去看日出，我已经快上床，忽然想起了，出去问有信没有，听差递给我一封电报，家里来的四等电报。我就知道不妙，果然是"祖母病危速回"！我当晚就收拾行装，赶早上六时车到天津，晚上才上津浦快车。正嫌路远车慢，半路又为水发冲坏了轨道过不去，一停就停了十二点钟有余，在车里多过了一夜，直到第三天的中午方才过江上沪宁车。这趟车如其准点到上海，刚好可以接上沪杭的夜车，谁知道又误了点，误了不多不少的一分钟，一面我们的车进站，他们的车头呜的一声叫，别断别断地去了！我若然是空身子，还可以冒险跳车，偏偏我的一双手又被行李雇定了，所以只得定着眼睛送它走。

所以直到八月二十二日的中午我方才到家。我给通伯的信说"怕是已经见不着老人"，在路上那几天真是难受，缩不短的距离没有法子，但是那急人的水发，急人的火车，几面凑拢来，叫我整整地迟一昼夜到家！试想病危了的八十四岁的老人,这二十四点钟不是容易过的,说不定她刚巧在这个期间内有什么动静,那才叫人抱憾哩!但是结果还算没有多大的差池——她老人家还在生死的交关等着!

八

奶奶——奶奶——奶奶!奶——奶!你的孙儿回来了,奶奶!没有回音。老太太阖着眼,仰面躺在床里,右手拿着一把半旧的雕翎扇很自在地扇动着。老太太原来就怕热,每年暑天总是扇子不离手的,那几天又是特别地热。这还不是好好的老太太,呼吸顶匀净的,定是睡着了,谁说危险!奶奶,奶奶!她把扇子放下了,伸手去摸着头顶上挂着的冰袋,一把抓得紧紧的,呼了一口长气,像是暑天赶道儿的喝了一碗凉汤似的,这不是她明明的有感觉不是?我把她的手拿在我的手里,她似乎感觉我手心的热,可是她也让我握着,她开眼了!右眼张得比左眼开些,瞳子却是发呆,我拿手指在她的眼前一挑,她也没有瞬,那准是她瞧不见了——奶奶,奶奶,——她也真没有听见,难道她真是病了,真是危险,这样爱我疼我宠我的好祖母,难道真会得……我心里一阵地难受,鼻子里一阵地酸,滚热的眼泪就进了出来。这时候床前已经挤满了人,我的这位,我的那位,我一眼看过去,只见一片惨白忧愁的面色,一双双装满了泪珠的眼眶。我的妈更看的憔悴。她们已经伺候了六天六夜,妈对我讲祖母这回不幸的情形,怎样地她夜饭前还在大厅上吩咐事情,怎样地饭后进房去自己擦脸,不知怎样地闪了下去,外面人听着响声才进去,已经是不能开口了,怎样地请医生,一直到现在还没有转机……

一个人到了天伦骨肉的中间,整套的思想情绪,就变换了式样与颜色。你的不自然的口音与语法没有用了;你的耀眼的袍服可以不必穿了;你的洁白的天使的翅膀,预备飞翔出人间到天堂的,不便在你的慈母跟前自由地开豁;你的理想的楼台亭阁,也不易轻易地放进这二百年的老屋;你的佩剑,要塞,以及种种的防御,在争竞的外界即使是必要的,到此只是可笑的累赘。在这里,不比在其余的地方,他们所要求于你的,只是随熟的声音与笑貌,只是好的,纯粹的本性,只是一个没有斑点子的赤裸裸的好心。在这些纯爱的骨肉的经纬中心,不由得你不从你的天性里抽出最柔糯亦最有力的几缕丝线来加密或是缝补这幅天伦的结构。

所以我那时坐在祖母的床边,含着两朵热泪,听母亲叙述她的病况,我脑中发生了异常的感想,我像是至少逃回了二十年的光阴,正如我膝前子侄辈一般的高矮,回复了一片纯朴的童真,早上走来祖母的床前,揭开帐子叫一声软和的奶奶,她也回叫了我一声,伸手到里床去摸给我一个蜜枣或是三片状元糕,我又叫了一声奶奶,出去玩了,那是如何可爱的辰光,如何可爱的天真,但如今没有了,再也不回来了。现在床里躺着的,还不是我的亲爱的祖母,十个月前我伴着到普渡(陀)登山拜佛清健的祖母,但现在何以不再答应我的呼唤,何以不再能表情,不再能说话,她的灵性哪里去了,她的灵性哪里去了?

九

一天,一天,又是一天——在垂危的病榻前过的时刻,不比平常飞驶无碍的光阴,时钟上同样的一声嗒,直接地打在你的焦急的心里,给你一种模糊的隐痛——祖母还是照样地眠着,右手的脉自从起病以来已是极微仅有的,但不能动弹的却反是有脉的左侧,右手还是不时在挥扇,但她的呼吸还是一例的平匀,面容虽不免瘦削,光泽依然不减,并没有显著的衰象,所以我们在旁边看她的,差不多每分钟都盼望她从这长期的睡眠中醒来,打一个哈欠,就开眼见人,开口说话——果然她醒了过来,我们也不会觉得离奇,像是原来应当似的。但这究竟是我们亲人绝望中的盼望,实际上所有的医生,中医,西医,针医,都已一致地回绝,说这是"不治之症",中医说这脉象是凭证,西医说脑壳里血管破裂,虽则植物性机能——呼吸,消化——不曾停止,但言语中枢已经断绝——此外更专门更玄学更科学的理论我也记不得了。所以暂时不变的原因,就在老太太本来的体元太好了,拳术家说的"一时不能散工",并不是病有转机的兆头。

我们自己人也何尝不明白这是个绝症;但我们却总不忍自认是绝望:这"不忍"便是人情。我有时在病榻前,在凄惔的静默中,发生了重大的疑问。科学家说人的意识与灵感,只是神经系最高的作用,这复杂,微妙的机械,只要部分有了损伤或是停顿,全体的动作便发生相当的影响;如其最重要的部分受了扰乱,他不是变成反常的疯癫,便是完全地失去意识。照这一说,体即是用,离了体即没有用;灵魂是宗教家的大谎,人的身体一死什么都完了。这是最干脆不过的说法,我们活着时有这样有那样已经尽够麻烦,尽够受,谁还有兴致,谁还愿意到坟墓的那一边再去发生关系,地狱也许是黑暗的,天堂是光明的,但光明与黑暗的区别无非是人类专擅的假定,我们只要摆脱这皮囊,还归我清静,我就不愿意头戴一个黄色的空圈子,合着手掌跪在云端里受罪!

再回到事实上来,我的祖母———一位神智最清明的老太太——究竟在哪里?我既然不能断定因为神经部分的震裂她的灵感性便永远地消灭,但同时她又分明地失却了表情的能力,我只能设想她人格的自觉性,也许比平时消澹了不少,却依旧是在着,像在梦魇里将醒未醒时似的,明知她的儿女孙曾不住地叫唤她醒来,明知她即使要永别也总还有多少的嘱咐,但是可怜她的眼球再不能反映外界的印象,她的声带与口舌再不能表达她内心的情意,隔着这脆弱的肉体的关系,她的性灵再不能与她最亲的骨肉自由地交通——也许她也在整天整夜地伴着我们焦急,伴着我们伤心,伴着我们出泪,这才是可怜,这才真叫人悲戚哩!

十

到了八月二十七那天,离她起病的第十一天,医生吩咐脉象大大地变了,叫我们当心,这十一天内每天她只咽入很困难的几滴稀薄的米汤,现在她的面上的光泽也不如早几天了,她的目眶更陷落了,她的口部的筋肉也更宽弛了,她右手的动作也减少了,即使拿起了扇子也不再能很自然地扇动了——她的大限的确已经到了。但是到晚饭后,反是没有什么显象。同时一家人着了忙,准备寿衣的,准备冥银的,准备香灯等等的。我从里走出外,又从外走进里,只见匆忙的脚步与严肃的面容。这时病人的大动脉已经微细得不可辨,虽则呼吸还不至怎样地急促。这时一门的骨肉已经齐集在病房里,等候那不可避免的时刻。到了十时光景,我和我的父亲正坐在房的那一头一张床上,忽然听得一个哭叫的声音说——"大家快来看呀,老太太的眼睛张大了!"这尖锐的喊声,仿佛是一大桶的冰水浇在我的身上,我所有的毛管一齐竖了起来,我们跟跄地奔到了床前,挤进了人群。果然,老太太的眼睛张大了,张得很大了!这是我一生从不曾见过,也是我一辈子忘不了的眼见的神奇。(恕罪我的描写!)不但是两眼,面容也是绝对地神变了(Transfigured):她原来皱缩的面上,发出一种鲜润的彩泽,仿佛半瘀的血脉,又一度满充了生命的精液,她的口,她的两颊,也都回复了异样的丰润;同时她的呼吸渐渐地上升,急进地短促,现在已经几乎脱离了气管,只在鼻孔里脆响地呼出了。但是最神奇不过的是一只眼睛!她的瞳孔早已失去了收敛性,呆钝地放大了。但是最后那几秒钟!不但眼眶是充分地张开了,不但黑白分明,瞳孔锐利地紧敛了,并且放射着一种不可形容,不可信的辉光,我只能称它为"生命最集中的灵光"!这时候床前只是一片的哭声,子媳唤着娘,孙子唤着祖母,婢仆争喊着老太太,几个稚龄的曾孙,也跟着狂叫太太……但老太太最后的开眼,仿佛是与她亲爱的骨肉,作无言的诀别,我们都在号泣地送终,她也安慰了,她放心地去了。在几秒时内,死的黑影已经移上了老人的面部,遏灭了生命的异彩,她最后的呼气,正似水泡破裂,电光沓灭,菩提的一响,生命呼出了窍,什么都止息了。

十一

我满心充塞了死象的神奇,同时又须顾管我有病的母亲,她那时出性地号啕,在地板上滚着,我自己反而哭不出来;我自己也觉得奇怪,眼看着一家长幼的涕泪滂沱,耳听着狂沸似的呼抢号叫,我不但不发生同情的反应,却反而达到了一个超感情的,静定的,幽妙的意境,我想象地看见祖母脱离了躯壳与人间,穿着雪白的长袍,冉冉地上升天去,我只想默默地跪在尘埃,赞美她一生的功德,赞美她一生的圆寂。这是我的设想!我们内地人却没有这样纯粹的宗教思想;他们的假定是不论死的是高年厚德的老人或是无知无愆的幼孩,或是罪大恶极的凶人,临到弥留的时刻总是一例地有无常鬼,摸壁鬼,牛头马面,赤发獠牙的阴差等等到门,拿着镣链枷锁,来捉拿阴魂到案。所以烧纸帛是平他们的暴戾,最后的呼抢是没奈何的诀别。这也许是大部分临死时实在的情景,但我们却不能概定所有的灵魂都不免遭受这样的凌辱。譬如我们的祖老太太的死,我只能想象她是登天,只能想象她慈祥的神化——像那样鼎沸的号啕,固然是至性不能自禁,但我总以为不如匐匍隐泣或祷默,较为近情,较为合理。

理智发达了,感情便失了自然的浓挚;厌世主义的看来,眼泪与笑声一样是空虚的,无意义的。但厌世主义姑且不论,我却不相信理智的发达,会得妨碍天然的情感;如其教育真有效力,我以为效力就在剥削了不合理性的"感情作用",但决不会有损真纯的感情;他眼泪也许比一般人流得少些,但他等到流泪的时候,他的泪才是应流的泪。我也是智识愈开流泪愈少的一个人,但这一次却也真的哭了好几次。一次是伴我的姑母哭的,她为产后不曾复元,所以祖母的病一直瞒着她,一直到了祖母故后的早上方才通知她。她扶病来了,她还不曾下轿,我已经听出她在啜泣,我一时感觉一阵的悲伤,等到她出轿放声时,我也在房中嘘唏不住。又一次是伴祖母当年的赠嫁婢哭的。她比祖母小十一岁,今年七十三岁,亦已是个白发的婆子,她也来哭她的"小姐",她是见着我祖母的花烛的唯一个人,她的一哭我也哭了。

再有是伴我的父亲哭的。我总是觉得一个身体伟大的人,他动情感的时候,动人的力量也比平常人伟大些。我见了我父亲哭泣,我就忍不住要伴着淌泪。但是感动我最强烈的几次,是他一人倒在床里,反复地啜泣着,叫着妈,像一个小孩似的,我就感到最热烈的伤感,在他伟大的心胸里浪涛似的起伏,我就感到母子的感情的确是一切感情的起源与总结,等到一失慈爱的荫蔽,仿佛一生的事业顿时莫有了根柢,所有的快乐都不能填平这唯一的缺陷;所以他这一哭,我也真哭了。

但是我的祖母果真是死了吗?她的躯体是的。但她是不死的。诗人勃兰恩德(Bryant)说:

> So live, that when thy summons comes to join the innumerable caravan, which moves to that mysterious realm where each one takes his chamber in the silent halls of death, then go not, like the quarry slave at night scourged to his dungeon, but sustained and soothed.
>
> By an unfaltering truth, approach thy grave like one that wraps the drapery of his couch, about him, and lies down to pleasant dreams.

如果我们的生前是尽责任的,是无愧的,我们就会安坦地走近我们的坟墓,我们的灵魂里不会有惭愧或悔恨的啮痕。人生自生至死,如勃兰恩德的比喻,真是大队的旅客在不尽的沙漠中进行,只要良心有个安顿,到夜里你卧倒在帐幕里也就不怕噩梦来缠绕。

　　我的祖母,在那旧式的环境里,到我们家来五十九年,真像是做了长期的苦工,她何尝有一日的安闲,不必说子女的嫁娶,就是一家的柴米油盐,扫地抹桌,哪一件事不在八十岁老人早晚的心上!我的伯父快近六十岁了,但他的起居饮食,还差不多完全是祖母经管的,初出世的曾孙如其有些身热咳嗽,老太太晚上就睡不安稳;她爱我宠我的深情,更不是文字所能描写;她那深厚的慈荫,真是无所不包,无所不蔽。但她的身心即使劳碌了一生,她的报酬却在灵魂无上的平安;她的安慰就在她的儿女孙曾,只要我们能够步她的前例,各尽天定的责任,她在冥冥中也就永远地微笑了。

十一月二十四日

不死

◎孙福熙

  我自幼很爱养小动物,南瓜棚下捉来的络纬娘,养在小竹笼中,给它南瓜花,它碧绿地静在橙黄的花上,用它口旁的四只小脚——我以前这样称它们的——拨动咬下来的花的碎片,放入口中。在河埠头鱼虾船中买物的时候,我总凝神留意,有什么方法可以得到一只小虾一条小鱼,最爱是有花纹的小鱼叫得花罩的一类。我取了来养在碗中盆中,看小鱼的尾巴拨动,有时胸鳍瑟瑟地扇动时竟能毫不前进或退后,也不下沉或上浮,我称为"静牢"的。还有麻雀,蟋蟀,金铃子等等,我都爱护而乐养的。

  然而他们都要死,络纬娘与小麻雀常被猫吃去。小鱼们常常不知是什么缘故地浮在水面,白的肚子向上了。蟋蟀金铃子也是一样,每次养着他们,总是为了种种原因或者还不知是什么原因的死了,至迟养到十月过,他们总必冻得两条大腿直伸而死的。

  在每次见到这种我所爱养的小动物之死,我必定想,要是他们如我们人的不会死,多少好呢!

  七岁以后,我就知道人也是要死的了。我的曾祖母之死是第一次使我有这个智识。然而我毫不畏惧。"临终"时,父

死

亲要我们大家都叫起来,虽然曾祖母总是没有应,我却如对于熟睡的人一样待看,等到这位沉睡的老太太口上积起白沫的时候,我还毫不惊奇地去告诉母亲。后来大家扛了出来,到房门口,两脚向外出来的时候,我正对面立着,只听大叫了起来,说小孩走开。因此我觉得这时的曾祖母与以前自己走出来的曾祖母是不同了。然而我没有觉得死之恐怖。当母亲对我说,"此后小心些,我要打你的时候,曾祖母不来劝的了!"只有这时使我有些觉得这是我的损失。但并不想到死的本身。此时家中人马很多,种种举动都是未曾前见的。父亲穿了白布大褂去土地庙"烧庙头纸",成殓的时候又去"买水",凡署名的地方都称承重孙。这几天内忽然棺材抬到了,忽然用皮纸包起许多包的化石灰,说是放到棺中底部的,忽然园中斫来两株高竹,在屋前对竖起来,挂上灯笼,灯上写着"天灯"。这种一切新鲜景象闹得我颇高兴,而且此后每隔七日道士和尚们烧幡,骂狗,解结,吹法螺,坐乌台等等,于我都是初见,所以虽然是丧家的事,却引得小孩们热闹,不使我起哀死之感。

不到一年之后,曾祖父的死临头了。这是吃蟹时节,我还想吃上一餐所剩的蟹,但母亲说,"今天曾祖父故了,要斋戒的了。要听话的,他是如此爱你们的!"这一句话还不能使我觉得凛冽,于是照曾祖母死时一样地看丧家的种种热闹。然而,大概因为不觉新奇了之故,我也觉得无聊。而且,家中缺少两位老人以后,冷落多了,况且家景也渐萧条,我就不自知地把一切冷漠归原于死,从此渐知死的悲哀了。

九岁的春季,我已寄宿在人家读书。一个晚上,我回到家中来,父亲病睡着,阶前石凳上放着园中拔来的草药"金钥匙",母亲指着对人说,"本来自己有这种草药可用的,后来想起来,已经迟了。"这草药,父亲种着的,说是可医喉痛的。谁用这草药迟了呢?我于好久时间内不见灿弟,还从许多口气中可以听出,一定是他死了!然而我不敢问。父亲只从帐门里探头出来看我一看,母亲问他要留我在家否,他说,"还是让他去。这种病是要传染的。"

回到书馆中,我伏在书案边大哭,同学知道了,就去告诉书馆的女主人们,于是他们拉了我去盘问我,我说,听口气,一定我的弟弟死了。

只隔了三天,四月初一的半夜中,忽然有人叫醒我,说家里有人来叫,要我就回去。我眼光还未清醒地出来,见来的是剃头司务七十。他说敲门很久,里面因为大雨不易听到。他指示门上,说他用砖块敲门,敲破了好几块。确实的,门上留着许多痕迹。

他蹲倒来,要我在他背后抱住他的项颈,他立起来,又张伞我的顶上,在大雨中背了我回家来了。

母亲引我到房中床前,对直挺地睡着的父亲说,"阿文回来了!"转过头来对我说,"叫爹呀,阿文回来了!"

这样地叫几声,没有回音,而大家又引开我了。他们给我穿上白衣,又由七十司务陪我到土地庙去"烧庙头纸"。如曾祖母死时父亲所做者一样。将要到庙的时候,雨后积水的路中,在黑暗里,一匹白马挡住我的去路。我幼年时是很怕马的,所以凛凛然地以为这必与父亲之死有同一原因的。在庙中烧过纸,要我到柱上去摸三下,据说这样可以解脱父亲,死

死

后的人被鬼神逮去，一定系在柱上的。此时死之畏惧已十分紧压九岁半小孩的心了。

在灵堂的白布后面，父亲长睡在板上，母亲，坐在低凳上抱了澄弟守灵，我看着父亲的尸体，又看看母亲与弟弟，这时除这两方以外什么东西都不在我注意中了。母亲稍带呜咽地对我说，"以后做人处处要小心，你们是没有父亲的小孩子。"呵，没有父亲的小孩是要处处小心的！我寒战了。

父亲于上一年所种的牡丹花盛开着，但他自己没有看到这花的盛开。但因是大雨之后，花叶都低首了，在这景象中，我的哥与我匍匐着，回礼于成班来吊的人，但我们还开始担负家庭的困苦，有如匍匐着的看成班的人进来讨债，搬东西，而且狠狠地欺侮我们。

丧事完了，哥又往城外十里的乡校读书，而我也去了。家中留着的只有母亲与不满三岁的澄弟。我们在学校，每望见城中火起的时候，必定相信我家也遭劫；如果报上见到城中发生瘟疫，必定相信我家传染了。每三五礼拜回来一次时，戚戚地怕走进屋来看见不幸的景象，春秋则阴雨的凄切，夏季则猛烈的太阳，院中花坛泥地如白蚁吃过的书页的碎裂。当走进屋不见澄弟时，就猜已如灿弟的死了。母亲大概是知道我们的意思的，立刻说澄弟是睡着。久远的挂念到此时算完全放心了，但只有一天可以保持，明天再往学校时，挂念又要开始了。

每当初夏回来的时候，晚间天渐渐地暗起来，室内便渐渐地阴森，南风吹来，闹营营的市声中辨别得出人的叫喊与狗的狂吠。母亲总说，"声音这样地扰，一定时势要不太平了。外边时疫极盛，你们走来走去小心些！"阴森之气愈盛了。当母亲拿了煤油灯走向灶间去的时候,正屋中只有两条草芯点的菜油灯盏的,橄榄核的一粒火,照不出对面的面貌的;所以我们就都跟了母亲走,母亲称我们为熟荸荠串进串出的。经过檐前,母亲手中的灯光投射阶前石凳上的花草与院中的桂花的影子到灶间壁上,如大树的幽暗森林。灯渐移过去。花影也渐渐地从花坛边至照墙至仓间,愈移动愈觉深不可测。

我不知道哥与我在学校时的家庭更是如何地寂寞的。

暑假时节,哥与我都在家中。一个晚上将睡的时候,我忽然发现我右手脉上有一条红线,从掌边至小臂中部,约有三寸之长,隐约地在皮肤之下。这时节城中正闹"红丝疗疮"传染病,听说这病像是有一条红丝从手臂延长,通过心中,再延至他臂,病者就死了。但也有只到心窝就死的。红丝的延长是很快的,有如太阳光的可以看出微微地移动过去的地位。虽然走得很微,小小一个人,从手到心的一点路,有多少时间可走呢! 但据说只要用鲜枣在红丝头上擦起来,就不长上去了。于是哥黑夜赶到市上去买枣子。

哥急急地回来,说买不到枣子,水果店都已关门,不肯开了,说卖鲜枣的节气已过了。但想到或者干的红枣也可用的,所以去敲南货铺的门,因为声明是去医疗疮的,才肯起来开门。

大家忙了一大阵,所谓大家者只是母亲哥哥与初学步的澄弟而已,总算毫无不适而红丝渐渐淡下去了。

于是一家四人如旧保全了。

澄弟十周岁以后的夏天,我到以前读书的乡校当教员去

死

了，他同我去读书。大概只过了一月余，他病了。我送他回来以后就想往校，因母亲之留，在家只住了几天。等第二礼拜来城时，澄弟已黄瘦万分，口唇与舌苔全焦裂，如久晒太阳的一块墨，回想当母亲还要留我而我一定要到学校去的时节，澄弟在床中微微转过头来说，"我有病着，你还一定要去！"我以前似乎是勇于为公，到了这时知道成为不可追悔的错误了。

澄弟死了，放在堂屋地面的门板上，我们陪着，哥含泪执笔追记澄弟生来的聪颖与种种困苦艰难。

我开门到外边去小便，微寒的大气照在清白的月光中。忽然听得照墙暗角中急骤的发声，狗般大的一只野兽爬上墙去。他还回过头来看我。短颈尖嘴，而两只眼睛是圆大的，浑圆的肥大身体，前脚短小而后脚高大的。他从容地走着，似乎在讥诮我是厄运的人。进来时我告诉母亲，她说，"野兽的鼻子是很锐的，一定闻着室中有这个了所以来的！"

在里昂，我见到许多使我推究生死问题的事实，但姚君冉秀之死是最大的一件。

在混乱的里昂中法大学学生伍中，姚君毫不分心地自己浸染在学问中。当什么改良膳食运动的时候，大家屏拒学校的饭菜而各自往外间饭店去吃。忠厚的姚君少出门，不知道饭店之所在的，但不愿破坏团体之所为，于是饿着无处吃饭了，后来幸亏有人见到了，始同他去吃的。

然而天是最会欺侮善人的，他病了，一病竟死了。

当我去医院里看他的时候，他已瘦得如铁棒的了，他说要我画像。但立即声明是要等病愈后回复原状时。

此后我所见的仍是这种样子，但已是死的了。当大家为他照相为他成殓的时候，竭力地想给他安适，给他光荣。然而我知道,棺材的漆如何地黄亮,衬褥的绸缎如何地美丽,都不是姚君所计较的。

我相信在死边上走过一趟的人必更能懂得生的意义。我虽没有走到死边,但体味他人之死已不少了。我从他们的死归纳而得我自己以至于一切人的死。于是我好比深坑在我后边的只知往前走。这样,我得到许多印象,觉得我们确实是不死的。真奇怪,因为怕死惯了,反觉得是永远不死的了,这是怎么的呢?

1926年6月6日

不死鸟

◎三毛

一年多前,爱书人杂志给我出了一个题目"如果你只有三十天的寿命,你将会做些什么?"

我一直没有动笔。

荷西听我说起这件事情,也曾好奇地问过我——"你会做些什么呢?"

当时,我正在揉面,我举起了沾着白粉的手,温和地摸摸他的头发,慢慢地说:"傻子,我不会死的,因为还得给你做饺子呢!"

以后,我们又谈起这份欠着的稿子,我的答案仍是那么地简单而固执——"我一样地守这个家,有责任的人是没有死亡的权利的。"

虽然预知死亡是我喜欢的一种生命结束的方式,可是我仍然不能死,在这个世界上有三个与我个人存亡牢牢相连的人。那便是我的父亲、母亲还有荷西,如果世界上有他们活着一日,我便不可以死,连神也不能将我取去,因为我不肯。

让我父母在渐入高年时失去爱女,那么他们一生的幸福和慰藉,会因为这一件事情完全崩溃,这样尖锐的打击不可以由他们来承受,那是过分残酷也过分不公平了。

要荷西半途折翼,失去他相依为命的爱妻,那么在他日后的心灵上会有什么样的伤痕,什么样的烙印?如果因我的消失而使得荷西的余生不再有一丝笑容,那么我便更不能死。

这些,又一些,因我的死亡而将使父母及丈夫所遭受到的大劫难,每想起来,便是不忍,不忍,不忍又不忍。

毕竟,先走的是比较幸福的,留下的并不是强者,可是想到这彻心切肤的病痛,我仍是要说——为了爱的缘故,这永别的苦杯,还是留给我来喝下吧。

我愿意在父亲、母亲及荷西的生命圆环里,做最后离世的一个,如果我先去了,而将永远的哀伤留给世上的他们,那么是死不瞑目的,因为我的爱有多深,我的牵挂便有多长。

所以,我几乎没有选择地做了暂时的不死鸟,我的羽毛虽然因为荷西的先去,已经完全脱落,无力再飞,可是那颗碎掉的心,仍是父母的珍宝。再痛,再伤,他们也不肯我死去,我也不忍放掉他们啊。

总有那么一天,在金色的彼岸,会有六张爱的手臂张开了在迎我进入永生,那时,我方肯含笑狂奔而去了。

这份文字本是为着另一个题目写的,可是我拒绝了只有一月寿命的假想,生的艰难,尘世的苦,死别时一霎的碎心又碎心,还是由我一个人来承担吧。

父亲,母亲,荷西,我的亲人,我爱你们胜于自己的生命,那么我便护着你们的幸福,不轻言消失吧!

死

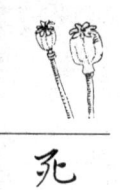

哭小弟

◎宗璞

冯钟越
飞机强度研究所
技术所长

我面前摆着一张名片,是小弟前年出国考察时用的。名片依旧,小弟却再也不能用它了。

小弟去了。小弟去的地方是千古哲人揣摩不透的地方,是各种宗教企图描绘的地方,也是每个人都会去,而且不能回来的地方。但是现在怎么能轮得到小弟!他刚五十岁,正是精力充沛,积累了丰富的学识经验,大有作为的时候,有多少事等他去做啊!医院发现他的肿瘤已相当大,需要立即做手术,他还想去参加一个技术讨论会,问能不能开完会再来。他在手术后休养期间,仍在看研究所里的科研论文,还做些小翻译。直到卧床不起,他手边还留着几份国际航空材料,总是"想再看看"。他也并不全想的是工作。已是滴水不进时,他忽然说想吃虾,要对虾。他想活,他想活下去呵!

可是他去了,过早地去了。这一年多,从他生病到逝世,真像是个梦,是个永远不能令人相信的梦。我总觉得他还会回来,从我们那冬夏一律显得十分荒凉的后院走到我窗下,叫一声"小姊——"。

可是他去了,过早地永远地去了。

我长小弟三岁。从我有比较完整的记忆起,生活里便有我的弟弟,一个胖胖的、可爱的小弟弟,跟在我身后。他虽然小,可是在玩耍时,他常常当老师,照顾着小朋友,让大家坐好,他站着上课,那神色真是庄严。他虽然小,在昆明的冬天里,孩子们都生冻疮,都怕用冷水洗脸,他却一点不怕。他站在山泉边,捧着一个大盆的样子,至今还十分清晰地在我眼前。

"小姊,你看,我先洗!"他高兴地叫道。

在泉水缓缓地流淌中,我们从小学,中学而大学,大部时间都在一个学校。毕业后就各奔前程了。不知不觉间,听到人家称小弟为强度专家;不知不觉间,他担任了总工程师的职务。在那动荡不安的年月里,很难想象一个人的将来。这几年,父亲和我倒是常谈到,只要环境许可,小弟是会为国家做出点实际的事的。却不料,本是最年幼的他,竟先我们而离去了。

去年夏天,得知他患病后,因为无法得到更好的治疗,我于八月二十日到西安。记得有一辆坐满了人的车来接我。我当时奇怪何以如此兴师动众,原来他们都是去看小弟的。到医院后,有人进病房握手,有人只在房门口默默地站一站,他们怕打扰病人,但他们一定得来看一眼。

手术时,有航空科学研究院、623所、631所的代表,弟妹,侄女和我在手术室外;还有一辆轿车在医院门口。车里有许多人等着,他们一定要等着,准备随时献血。小弟如果需要把全身的血都换过,他的同志们也会给他。但是一切都没有用。肿瘤取出来了,有一个半成人的拳头大,一面已经坏死。我忽

然觉得一阵胸闷，几乎透不过气来——这是在穷乡僻壤为祖国贡献着才华、血汗和生命的人啊，怎么能让这致命的东西在他身体里长到这样大！

我知道在这黄土高原上生活的艰苦，也知道住在这黄土高原上的人工作之劳累，还可以想象每一点工作的进展都要经过十分恼人的迂回曲折。但我没有想到，小弟不但生活在这里，战斗在这里，而且把性命交付在这里了。他手术后回京在家休养，不到半年，就复发了。

那一段焦急的悲痛的日子，我不忍写，也不能写。每一念及，便泪下如绠，纸上一片模糊。记得每次看病，候诊室里都像公共汽车上一样拥挤，等啊等啊，盼啊盼啊，我们知道病情不可逆转，只希望能延长时间，也许会有新的办法。航空界从莫文祥同志起，还有空军领导同志都极关心他，各个方面包括医务界的朋友们也曾热情相助，我还往海外求医。然而错过了治疗时机，药物再难奏效。曾有个别的医生不耐烦地当面对小弟说，治不好了，要他"回陕西去"。小弟说起这话时仍然面带笑容，毫不介意。他始终没有失去信心，他始终没有丧失生的愿望，他还没有累够。

小弟生于北京，一九五二年从清华大学航空系毕业。他填志愿到西南，后来分配在东北，以后又调到成都、调到陕西。虽然他的血没有流在祖国的土地上，但他的汗水洒遍全国，他的精力的一点一滴都献给祖国的航空事业了。个人的功绩总是有限的，也许燃尽了自己，也不能给人一点光亮，可总是为以后的绚烂的光辉做了一点积累吧。我不大明白各种工业的复杂性，但我明白，任何事业也不是只坐在北京就能够建树的。

我曾经非常希望小弟调回北京，分我侍奉老父的重担。

他是儿子,三十年在外奔波,他不该尽些家庭的责任么?多年来,家里有什么事,大家都会这样说:"等小弟回来。""问小弟。"有时只要想到有他可问,也就安心了。现在还怎能得到这样的心安?风烛残年的父亲想儿子,尤其这几年母亲去世后,他的思念是深的,苦的,我知道,虽然他不说,现在他永远失去他的最宝贝的小儿子了。我还曾希望在我自己走到人生的尽头,跨过那一道痛苦的门槛时,身旁的亲人中能有我的弟弟,他素来的可倚可靠会给我安慰。哪里知道,却是他先迈过了那道门槛啊!

一九八二年十月二十八日上午七时,他去了。

这一天本在意料之中,可是我怎能相信这是事实呢!他躺在那里,但他已经不是他了,已经不是我那正当盛年的弟弟,他再不会回答我们的呼唤,再不会劝阻我们的哭泣。你到哪里去了,小弟!自一九七四年沅君姑母逝世起,我家屡遭丧事,而这一次小弟的远去最是违反常规,令人难以接受!我还不得不把这消息告诉当时也在住院的老父,因为我无法回答他每天的第一句问话:"今天小弟怎么样?"我必须告诉他,这是我的责任。再没有弟弟可以依靠了,再不能指望他来分担我的责任了。

父亲为他写挽联:"是好党员,是好干部,壮志未酬,洒泪岂止为家痛;能娴科技,能娴艺文,全才罕遇,招魂也难再归来!"我那唯一的弟弟,永远地离去了。

他是积劳成疾,也是积郁成疾,他一天三段紧张地工作,参加各式各样的会议。每有大型试验,他事先检查到每一个螺丝钉,每一块胶布。他是三机部科技委员会委员,他曾有远见地提出多种型号研究。有一项他任主任工程师的课题研制

获国防工办和三机部科技一等奖。同时他也是623所党委委员，需要在会议桌上坦率而又让人能接受地说出自己对各种事情的意见。我常想，能够"双肩挑"，是我们五十年代到六十年代初期出来的知识分子的特点。我们是在"又红又专"的要求下长大的。当然，有的人永远也没有能达到要求，像我。大多数人则挑起过重的担子，在崎岖的、荆棘丛生的，有时是此路不通的山路上行走。那几年的批判斗争是有远期效果的。他们不只是生活艰苦，过于劳累，还要担惊受怕，心里塞满想不通的事，谁又能经受得起呢！

小弟入医院前，正负责组织航空工业部系统的一个课题组，他任主任工程师。他的一个同志写信给我说，一九八一年夏天，西安一带出奇地热，几乎所有的人晚上都到室外乘凉，只有"我们的老冯"坚持伏案看资料，"有一天晚上，我去他家汇报工作，得知他经常胃痛，有时从睡眠中痛醒，工作中有时会痛得大汗淋漓，挺一会儿，又接着做了。天啊！谁又知道这是癌症！我只淡淡地说该上医院看看。回想起来，我心里很内疚，我对不起老冯，也对不起您！"

这位不相识的好同志的话使我痛哭失声！我也恨自己，恨自己没有早想到癌症对我们家族的威胁，即使没有任何症状，也该定期检查。云山阻隔，我一直以为小弟是健康的。其实他早感不适，已去过他该去的医疗单位。区一级的说是胃下垂，县一级的说是肾游走。以小弟之为人，当然不会大惊小怪，惊动大家。后来在弟妹的催促下，乘工作之便到西安检查，才做手术。如果早一年有正确的诊断和治疗，小弟还可以再为祖国工作二十年！

往者已矣。小弟一生，从没有"埋怨"过谁，也没有"埋怨"

过自己，这是他的美德之一。他在病中写的诗中有两句："回首悠悠无恨事，丹心一片向将来。"他没有恨事。他虽无可以彪炳史册的丰功伟绩，却有一个普通人的认真的、勤奋的一生。历史正是由这些人写成的。

小弟白面长身，美丰仪；喜文艺，娴诗词；且工书法篆刻。父亲在挽联中说他是"全才罕遇"，实非夸张。如果他有三次生命，他的多方面的才能和精力也是用不完的；可就这一辈子，也没有得以充分地发挥和施展。他病危弥留的时间很长，他那颗丹心，那颗让祖国飞起来的丹心，顽强地跳动，不肯停息。他不甘心！

这样壮志未酬的人，不只他一个啊！

我哭小弟，哭他在剧痛中还拿着那本航空资料"想再看看"，哭他的"胃下垂""肾游走"；我也哭蒋筑英抱病奔波，客殇成都；我也哭罗健夫不肯一个人坐一辆汽车！我还要哭那些没有见诸报章的过早离去的我的同辈人。他们几经雪欺霜冻，好不容易奋斗着张开几片花瓣，尚未盛开，就骤然凋谢。我哭我们这迟开而早谢的一代人！

已经是迟开了，让这些迟开的花朵尽可能延长他们的光彩吧。

这些天，读到许多关于这方面的文章，也读到了《痛惜之余的愿望》，稍得安慰。我盼"愿望"能成为事实。我想需要"痛惜"的事应该是越来越少了。

小弟，我不哭！

1982年11月

我对于丧礼的改革

◎胡适

去年北京通俗讲演所请我讲演"丧礼改良",讲演日期定在十一月二十七日。不料到了十一月二十四日,我接到家里的电报,说我的母亲死了。我的讲演还没有开讲,就轮着我自己实行"丧礼改良"了!

我们于二十五日赶回南。将动身的时候,有两个学生来见我,他们说:"我们今天过来,一则是送先生起身;二则呢,适之先生向来提倡改良礼俗,现在不幸遭大丧,我们很盼望先生能把旧礼大大地改革一番。"

我谢了他们的好意,就上车走了。

我出京之先,想到家乡印刷不便,故先把讣帖付印。讣帖如下式:

> 先母冯太夫人于中华民国七年十一月二十三日病殁于安徽绩溪上川本宅。敬此讣闻。
>
> 胡适 觉 谨告。

这个讣帖革除了三种陋俗:一是"不孝□□等罪孽深重,

不自陨灭,祸延显妣"一派的鬼话。这种鬼话含有儿子有罪连带父母的报应观念,在今日已不能成立;况且现在的人心里本不信这种野蛮的功罪见解,不过因为习惯如此,不能不用,那就是无意识的行为。二是"孤哀子□□等泣血稽颡"的套语。我们在民国礼制之下,已不"稽颡",更不"泣血",又何必自欺欺人呢?三是"孤哀子"后面排着那一大群的"降服子","齐衰期服孙","期","大功","小功"等等亲族,和"抆泪稽首","拭泪稽首"等等有"谱"的虚文。这一大群人为什么要在讣闻上占一个位置呢?因为这是古代宗法社会遗传下来的风俗如此。现在我们既然不承认大家族的恶风俗,自然用不着列入这许多名字了。还有那从"泣血稽颡"到"拭泪顿首"一大串的阶级,又是因为什么呢?这是儒家"亲亲之杀"的流毒。因为亲疏有等级,故在纸上写一个"哭"字也要依着分等级的"谱"。我们绝对不承认哭丧是有"谱"的,故把这些有谱的虚文一概删去了。

我在京时,家里电报问"应否先殓",我复电说"先殓"。我们到家时,已殓了七日了,衣衾棺材都已办好,不能有什么更动。我们徽州的风俗,人家有丧事,家族亲眷都要送锡箔,白纸,香烛;讲究的人家还要送"盘缎",纸衣帽,纸箱担等件。锡箔和白纸是家家送的,太多了,烧也烧不完,往往等丧事完了,由丧家打折扣卖给店家。这种糜费,真是无道理。我到家之后,先发一个通告给各处有往来交谊的人家。通告上说:

本宅丧事拟于旧日陋俗略有所改良。倘蒙赐吊,只领香一炷或挽联之类。此外如锡箔,素纸,冥器,盘缎等物,概不敢领,请勿见赐。伏乞鉴原。

这个通告随着讣帖送去,果然发生效力,竟没有一家送那些东西来的。

和尚,道士,自然是不用的了。他们怨我,自不必说。还有几个投机的人,预算我家亲眷很多,定做冥器盘缎的一定不少,故他们在我们村上新开一个纸扎铺,专做我家的生意。不料我把这东西都废除了,这个新纸扎铺只好关门。

我到家之后,从各位长辈亲戚处访问事实(因为我去国日久,事实很模糊了),作了一篇"先母行述"。我们既不"寝苫",又不"枕块",自然不用"苫块昏迷,语无伦次"等等诳语了。"棘人"两字,本来不通,故也不用了。我作这篇"行述",抱定一个说老实话的宗旨,故不免得罪了许多人。但是得罪了许多人,便是我说老实话的证据。文人作死人的传记,既怕得罪死人,又怕得罪活人,故不能不说谎,说谎便是大不敬。

讣闻出去之后,便是受吊。吊时平常的规矩是:外面击鼓,里面启灵帏,主人男妇举哀,吊客去了,哀便止了。这是作伪的丑态。古人"哀至则哭",哭岂是为吊客哭的吗?因为人家要用哭来假装"孝",故有大户人家吊客多了,不能不出钱雇人来代哭,我是一个穷书生,哪有钱来雇人代我们哭?所以我受吊的时候,灵帏是开着的,主人在帏里答谢吊客,外面有子侄辈招待客人;哀至即哭,哭不必做出种种假声音,不能哭时,便不哭了,决不为吊客做出举哀的假样子。

再说祭礼。我们徽州是朱子江慎修戴东原胡培翚的故乡,代代有礼学专家,故祭礼最讲究。我做小孩的时候,也不知看了多少次的大祭小祭。祭礼很繁,每一个祭,总得要两三个钟头;祠堂里春分冬至的大祭,要四五点钟。我少时听见秀

才先生们说,他们半夜祭春分冬至,跪着读祖宗谱,一个人一本,读"某某府君,某某孺人",烛光又不明,天气又冷,石板的地又冰又硬,足足要跪两点钟!他们为了祭包和胙肉,不能不来鬼混念一遍。这还算是宗法社会上一种很有意味的仪节。最怪的,是人家死了人,一定要请一班秀才先生来做"礼生",代主人做祭。祭完了,每个礼生可得几尺白布,一条白腰带,还可吃一桌"九碗"或"八大八小"。大户人家,停灵日子长,天天总要热闹,故天天须有一个祭。或是自己家祭,或是亲戚家"送祭"。家祭是今天长子祭,明天少子祭,后天长孙祭……送祭是那些有钱的亲眷,远道不能来,故送钱来托主人代办祭菜,代请礼生。总而言之,哪里是祭?不过是做热闹,装面子,摆架子!——哪里是祭!

我起初想把祭礼一概废了,全改为"奠"。我的外婆七十多岁了,她眼见一个儿子两个女儿死在她生前,心里实在悲恸,所以她听见我要把祭全废了,便叫人来说,"什么事都可依你,两三个祭是不可少的。"我仔细一想,只好依她,但是祭礼是不能不改的。我改的祭礼有两种:

(1) 本族公祭仪节:(族人亲自做礼生)序立。就位。参灵,三鞠躬。三献。读祭文。(祭文中列来祭的人名,故不可少。)辞灵。礼成。

(2) 亲戚公祭。我不要亲戚"送祭"。我把要来祭的亲戚邀在一块,公推主祭者一人,赞礼二人,余人陪祭,一概不请外人做礼生。同时一奠,不用"三献礼"。向来可分七八天的祭,改了新礼,十五分钟就完了。仪节如下:序立。主祭者就位。陪祭者分列就位。参灵,三鞠躬。读祭文。辞灵。礼成。谢奠。

我以为我这第二种祭礼，很可以供一般人的采用。祭礼的根据在于深信死人的"灵"还能受享。我们既不信死者能受享，便应该把古代供献死者饮食的祭礼，改为生人对死者表示敬意的祭礼。死者有知无知，另是一个问题。但生人对死者表示敬意，是在情理之中的行为，正不必问死者能不能领会我们的敬意。有人说，"古礼供献酒食，也是表示敬意，也不必问死者能不能饮食"，这却有个区别。古人深信死者之灵真能享用饮食，故先有"降神"，后有"三献"，后有"侑食"，还有"望燎"，还有"举哀"，都是见神见鬼的做作，便带着古宗教的迷信，不单是表示生人的敬意了。

再论出殡。出殡的时候，"铭旌"先行，表示谁家的丧事；次是灵柩，次是主人随柩行，次是送殡者。送殡者之外，没有别样排场执事。主人不必举哀，哀至则哭，哭不必出声。主人穿麻衣，不戴帽，不执哭丧杖，不用草索束腰，但用白布腰带。为什么要穿麻衣呢？我本来想用民国服制，用乙种礼服，袖上蒙黑纱。后来因为来送殡的男人女人都穿白衣，主人不能独穿黑，只好用麻衣，束白腰带。为什么不戴帽呢？因为既不用那种俗礼的高粱孝子冠，一时寻不出相当的帽子，故不如用表示敬意的脱帽法。为什么不用杖呢？因为古人居父母的丧要自己哀毁，要做到"扶而后能起，杖而后能行"的半死样子，故不能不用杖。我们既不能做到那种半死样子，又何必拿那根杖来装门面呢？

我们是聚族而居的，人死了，该送神主入祠。俗礼先有"题主"或"点主"之法，把"神主牌"先请人写好，留着"主"字上的一点，再去请一位阔人来，求他用朱笔蘸了鸡冠血，把"主"字上一点点上。这就是"点主"。点主是丧事里一件最重要的

事,因为它是一件最可装面子摆架子的事。你们回想当年袁世凯死后,他的儿子孙子们请徐世昌点主的故事,就可晓得这事的重要了。

那时家里人来问我要请谁点主。我说,用不着点主了。为什么呢?因为古礼但有"请善书者书主"(《朱子家礼》与《温公书仪》同)。这是恐怕自己不会写好字,故请一位写好字的写牌,是郑重其事的意思。后来的人,要借死人来摆架子,故请顶阔的人来题主。但是阔人未必会写字。也许请的是一位督军,连字都不认得。所以主人家先把牌子上的字写好,单留"主"字上的一点,请"大宾"的大笔一点。如此办法,就是不识字的大帅,也会题主了! 我不配借我母亲来替我摆架子,不如行古礼罢。所以我请我的老友近仁把牌位连那"主"字上的一点一齐写好。出殡之后把神主送进宗祠,就完了事。

未出殡之前,有人来说,他有一穴好地,葬下去可以包我做到总长。我说,我也看过一些堪舆书,但不曾见哪部书上有"总长"二字;还是请他留上那块好地自己用罢。我自己出去,寻了一块坟地,就是在先父铁花先生的坟的附近。乡下的人以为我这个"外国翰林"看的风水,一定是极好的地,所以我的母亲葬下之后,不到十天,就有人抬了一口棺材,摆在我母亲坟下的田里。人来对我说,前面的棺材挡住了后面的"气"。我说,气是四方八面都可进来的,没有东西可挡得住,由他挡去罢。

以上记丧事完了。

再论我的丧服。我在北京接到凶电的时候,哪有仔细思想的心情?故糊糊涂涂的依着习惯做去,把缎子的皮袍脱了,换上布棉袍,布帽,帽上还换了白结子,又买了一双白鞋。时表上的链子是金的,镀金的,故留在北京。眼镜脚也是金的,但是来不及换了,我又不能离开眼镜,只好戴了走。里面的棉袄是绸的,但是来不及改做布的,只好穿了走,好在穿在里面,人看不见!我的马褂袖上还加了一条黑纱。这都是我临走的一天,糊糊涂涂的时候,依着习惯做的事。到了路上,我自己回想,很觉惭愧。何以惭愧呢?因为我这时候用的丧服制度,乃是一种没有道理的大杂凑。白帽结,布袍,布帽,白鞋,是中国从前的旧礼。袖上蒙黑纱是民国元年定的新制。既蒙了黑纱,何必又穿白呢?我为什么不穿皮袍呢?为什么不敢穿绸缎呢?为什么不敢戴金色的东西呢?绸缎的衣服上蒙上黑纱,不仍旧是民国的丧服吗?金的不用了,难道用了银的就更"孝"了吗?

我问了几个"为什么",自己竟不能回答。我心里自然想着孔子"食夫稻,衣夫锦,于汝安乎"的话,但是我又问:我为什么要听孔子的话?为什么我们现在"食稻"(吃饭)心已安了?为什么"衣锦"便不安呢?仔细想来,我还是脱不了旧风俗的无形的势力,——我还是怕人说话!

但是那时我在路上,赶路要紧,也没有心思去想这些"细事小节"。到家之后,更忙了,便也不曾想到服制上去。丧事里的丧服,上文已说过了。丧事完了之后,我仍旧是布袍,布帽,白帽结,白棉鞋,袖上蒙了一块黑纱。穿惯了,我更不觉得这种不中不西半新半旧的丧服有什么可怪的了。习惯的势力真可怕!

今年四月底,我到上海欢迎杜威先生,过了几天,便是五月七日的上海国民大会。那一天的天气非常地热,诸位大概

死

总还有人记得。我到公共体育场去时，身上穿着布的夹袍，布的夹裤还是绒布里子的，上面套着线缎的马褂。我要听听上海一班演说家，故挤到台前，身上已是汗流遍体。我脱下马褂，听完演说，跟着大队去游街，从西门一直走到大东门，走得我一身衣服从里衣湿透到夹袍子。我回到一家同乡店家，邀了一位同乡带我去买衣服更换，因为我从北京来，不预备久住，故不曾带得单衣服。习惯的势力还在，我自然到石路上小衣店里去寻布衫子，羽纱马褂，布套裤之类。我们寻来寻去，寻不出合用的衣裤，因为我一身湿汗，急于要换衣服，但是布衣服不曾下水是不能穿的。我们走完一条石路，仍旧是空手。我忽然问我自己道："我为什么一定要买布的衣服？因为我有服在身，穿了绸衣，人家要说话。我为什么怕人家说我的闲话？"我问到这里，自己不能回答。我打定主意，去买绸衣服，买了一件原当的府绸长衫，一件实地纱马褂，一双纱套裤，借了一身衬衣裤，方才把衣服换了。初换的时候，我心里还想在袖上蒙上一条黑纱。后来我又想：我为什么一定要蒙黑纱呢？因为我丧期没有完。我又想：我为什么一定要守这三年的服制呢？我既不是孔教徒，又向来不赞成儒家的丧制，为什么不敢实行短丧呢？我问到这里，又不能回答了，所以决定主意，实行短丧，袖上就不蒙黑纱了。

我从五月七日起，已不穿丧服了。前后共穿了五个月零十几天的丧服。人家问我行的是什么礼，我说是古礼。人家又问，那一代的古礼？我说是《易传》说的太古时代"丧期无数"的古礼。我以为"丧期无数"最为有理。人情各不相同，父母的善恶各不相同，儿子的哀情和敬意也不相同。《檀弓》上说：

子夏既除丧而见,予之琴,和之不和,弹之而不成声,作而曰,"哀未忘也,先王制礼而弗敢过也。"子张既除丧而见,予之琴,和之而和,弹之而成声,作而曰,"先王制礼,不敢不至焉。"

这可见人对父母的哀情各不相同,子张宰我嫌三年之丧太长了,子夏闵子骞又嫌三年太短了。最好的办法是"丧期无数",长的可以几年,短的可以三月,或三日,或竟无服。不但时期无定,还应该打破古代一定等差的丧服制度。我以为服制不必限于自己的亲属:亲属值得纪念的,不妨为他纪念成服;朋友可以纪念的,也不妨为他穿服;不值得纪念的,无论在几服之内,尽可不必为他穿服。

我的母亲是我生平最敬爱的一个人,我对她的纪念,自然不止五六个月,何以我一定要实行短丧的制度呢？我的理由不止一端：

第一,我觉得三年的丧服在今日没有保存的理由。顾亭林说,"三代圣王教化之事,其仅存于今日者,惟服制而已。"(《日知录》卷十五)这话说得真正可怜！现在居丧的人,可以饮酒食肉,可以干政筹边,可以嫖赌纳妾,可以作种种"不孝"的事,却偏要苦苦保存这三年穿素的"服制"！不能实行三年之"丧",却偏要保存三年的"丧服"！这真是孟子说的"放饭流歠而问无齿决,是之谓不知务"了！

第二,真正地纪念父母,方法很多,何必单单保存这三年服制？现行的服制,乃是古丧礼的皮毛,乃是今人装门面自欺欺人的形式。我因为不愿意用这种自欺欺人的

服制来做纪念我母亲的方法,所以我决意实行短丧。我因为不承认"穿孝"就算孝,不承认"孝"是拿来穿在身上的,所以我决意实行短丧。

第三,现在的人居父母之丧,自称为"守制",写自己的名字要加上一个小"制"字,请问这种制是谁人定的制?是古人遗传下来的制呢?还是现在国家法律规定的制呢?民国法律并不曾规定丧期。若说是古代遗制则从斩衰三年到小功,缌,都是"制",何以三年之丧单称为"制"呢?况且古代的遗制到了今日,应该经过一番评判的研究,看那种遗制是否可以存在,不应该因为它是古制就糊糊涂涂地服从它。我因为尊重良心的自由,不愿意盲从无意识的古制,故决意实行短丧。

第四,现在的服制实际上有许多行不通的地方。若说素色是丧服,现在的风尚喜欢素色衣裳,素色久已不成为丧服的记号了。若说布衣是丧服,绸缎不是丧服,那么,除了丝织的材料之外,许多外国的有光的织料是否算是布衣?有光的洋货织料可以穿得,何以本国的丝织物独不可穿?蚕丝织的绸缎既不能穿,何以羊毛织的呢货又可以穿得?还有羊皮既可以穿得,何以狐皮便穿不得?银器既可以戴得,金器和镀金器何以又戴不得?——诸如此类,可以证明现在的服制全凭社会的习惯随意乱定,没有理由可说,没有标准可寻;颠倒杂乱,一无是处。经济上的困难且丢开不说,就说这心理上的麻烦不安,也很够受了。我也曾想采用一种近人情,有道理,有一贯标准的丧服,竟寻不出来,空弄得精神上受无数困难惭愧。因此,我素性主张把服丧的期限缩短,在这短丧期内,无论穿何种织料的衣服,无论布的,绸缎的,呢的,绒的,纱的,只要蒙上黑纱,依民国的新礼制,便算是丧服了。

以上记我实行短丧的原委和理由。

我把我自己经过的丧礼改革,详细记了下来,并不是说我所改的都是不错的,也并不敢劝国内的人都依着我这样做。我的意思,不过是想表示我个人从一次生平最痛苦的经验里面得来的一些见解,一些感想;不过想指点出现在丧礼的种种应改革的地方和将来改革的大概趋势。我现在且把我对于丧礼的一点普通见解总括写出来,做一个结论。

结 论

人类社会的进化,大概分两条路子:一边是由简单的变为复杂的,如文字的增添之类;一边是由繁复的变为简易的,如礼仪的变简之类。近来的人,听得一个"由简而繁,由浑而化"的公式,以为进化的秘诀全在此了。却不知由简而繁固然是进化的一种,由繁而简也是进化的一条大路。即如文字固是逐渐增多,但文法却逐渐变简。拿英文和希腊拉丁文比较,便是文法变简的进化。汉文也有逐渐变简的痕迹。古代的代名词,"吾""我"有别,"尔""汝"有别,"彼""之"有别。现代变为"我""你""他","我们""你们""他们",使主次宾次变为一律,使多数单数的变化也归一律,这不是一大进化吗?古代的字如马两岁叫作"驹",三岁叫作"䮘",八岁叫作"䭴";又马高六尺为"骄",七尺为"騋"。这都是很不规则的变化,现在都变简易了。

我举这几个例,来证明由繁而简也是进化。再举礼仪的变迁,更可以证明这个道理。我们试请一位孔教会的信徒,叫他把一部《仪礼》来实行,他做得到吗?何以做不到呢?因为古人生活简单,那些一半祭司一半贵族的士大夫,很可以玩那"一献之礼宾主百拜"的把戏儿。后来生活复杂了,谁也没有工夫来干这揖让周旋的无谓繁文。因此,自古以来,礼仪一天简单一天,虽有极顽固的复古家,势不能恢复那"礼仪三百,威仪三千"的盛世规模。故社会生活变复杂了,是一进化。同时礼仪变简单了,也是一进化。由我们现在的生活,要想回到茹毛饮血,穴居野处的生活,固是不可能;但是由我们现在简单礼节,要想回到那揖让周旋宾主百拜的礼节,也是不可能。

懂得这个道理,方才可以谈礼俗改良,方才可以谈丧礼改良。

简单说来,我对于丧礼问题的意见是:

(1) 现在的丧礼比古礼简单多了,这是自然的趋势,不能说是退化。将来社会的生活更复杂,丧礼应该变得更简单。

(2) 现在丧礼的坏处,并不在不行古礼,乃在不曾把古代遗留下来的许多虚伪仪式删除干净。例如不行"寝苫枕块"的礼,并不是坏处;但自称"苫块昏迷",便是虚伪的坏处。又如古礼,儿子居丧,用种种自己刻苦的仪式,"水浆不入于口者三日,杖而后能起",所以必须用杖。现在的人不行这种野蛮的风俗,本是一大进步,并不是一种坏处;但做"孝子"的仍旧拿着哭丧棒,这便是作伪了。

(3) 现在的丧礼还有一种大坏处,就是一方面虽然废去古代的繁重礼节,一方面又添上了许多迷信的,虚伪的,野蛮风俗。例如地狱天堂,轮回果报等等迷信,在丧礼上便发生了和尚念经超度亡人,棺材头点"随身灯",做法事"破地狱","破血盆湖"等等迷信的风俗。

(4)现在我们讲改良丧礼,当从两方面下手。一方面应该把古丧礼遗下的种种虚伪仪式删除干净,一方面应该把后世加入的种种野蛮迷信的仪式删除干净。这两方面破坏功夫做到了,方才可以有一种近于人情,适合于现代生活状况的丧礼。

(5)我们若要实行这两层破坏的功夫,应该用什么做去取的标准呢?我仔细想来,没有绝对的标准,只有一个活动的标准,就是"为什么"三个字。我们每做一件事,每行一种礼,总得问自己:我为什么要做这件事?为什么要行那种礼?(例如我上面所举"点主"一件事。)能够每事要寻一个"为什么",自然不肯行那些说不出为什么要行的种种陋俗了。凡事不问为什么要这样做,便是无意识的习惯行为。那是下等动物的行为,是可耻的行为!

死

冥屋

◎茅盾

小时候在家乡,常常喜欢看东邻的纸扎店糊"阴屋"以及"船、桥、库"一类的东西。那纸扎店的老板戴了阔铜边的老花眼镜,一面工作一面和那些靠在他柜台前捧着水烟袋的闲人谈天说地,那态度是非常潇洒。他用他那熟练的手指头折一根篾,捞一朵浆糊,或是裁一张纸,都是那样从容不迫,很有艺术家的风度。

两天或三天,他糊成一座"阴屋"。那不过三尺见方,两尺高。但是有正厅,有边厢,有楼,有庭园;庭园有花坛,有树木。一切都很精致,很完备。厅里的字画,他都请教了镇上的画师和书法家。这实在算得一件"艺术品"了。手工业生产制度下的"艺术品"!

它的代价是一块几毛钱。

去年十月间,有一家亲戚的老太太"还寿经"①。我去"拜揖",盘桓了差不多一整天。我于是看见了大都市上海的纸扎店用了怎样的方法糊"阴屋"以及"船、桥、库"了!亲戚家所定的这些"冥器",共值洋四百余元;"那是多么繁重的工

---

① 还寿经:为了表示儿子的孝心,在父母寿辰时(大概是五十以后逢十的寿辰)请和尚念经,叫作"还寿经",这是嘉兴、潮州一带的风俗。

作!"——我心里这么想。可是这么大的工程还得当天现做,当天现烧。并且离烧化前四小时,工程方才开始。女眷们惊讶那纸扎店怎么赶得及,然而事实上恰恰赶及那预定的烧化时间。纸扎店老板的精密估计很可以佩服。

我是看着这工程开始,看着它完成;用了和儿时同样的兴味看着。

这仍然是手工业,是手艺,毫不假用机械;可是那工程的进行,在组织上,方法上,都是道地的现代工业化!结果,这是商品;四百余元的代价!

工程就在做佛事的那个大寺的院子里开始。动员了大小十来个人,作战似的三小时的紧张!"船"是和我们镇上河里的船一样大,"桥"也和镇上的小桥差不多,"阴屋"简直是上海式的三楼三底,不过没有那么高。这样的大工程,从扎架到装潢,一气呵成,三小时的紧张!什么都是当场现做,除了"阴屋"里的纸糊家具和摆设。十来个人的总动员有精密的分工,紧张联系的动作,比起我在儿时所见那故乡的纸扎店老板捞一朵浆糊,谈一句闲天,那种优游从容的态度来,当真有天壤之差!"艺术制作"的兴趣,当然没有了;这十几位上海式的"阴屋"工程师只是机械地制作着。一忽儿以后,所有这些船,桥,库,阴屋,都烧化了;而曾以三小时的作战精神制成了它们的"工程师",仍旧用了同样的作战的紧张帮忙着烧化。

和这些同时烧化的,据说还有半张冥土的房契(留下的半张要到将来那时候再烧)。

时代的印痕也烙在这些封建的迷信的仪式上。

1932 年 11 月 8 日

山村的墓碣

◎冯至

德国和瑞士交界的一带是山谷和树林的世界,那里的居民多半是农民。虽然有铁路,有公路,伸到他们的村庄里来,但是他们的视线还依然被些山岭所限制,不必提巴黎和柏林,就是他们附近的几个都市,和他们的距离也好像有几万里远。他们各自保持住自己的服装,自己的方言,自己的习俗,自己的建筑方式。山上的松林有时稀疏,有时浓密,走进去,往往是几天也走不完。林径上行人稀少,但对面若是走来一个人,没有不向你点头致意的,仿佛是熟识的一般。每逢路径拐弯处,总少不了一块方方的指路碑,东西南北,指给你一些新鲜而又朴实的地名。有一次我正对着一块指路碑,踌躇着,不知应该往哪里走,在碑旁草丛中又见到另外一块方石,向前仔细一看,却是一座墓碣,上边刻着:

一个过路人,不知为什么,
走到这里就死了。
一切过路人,从这里经过,
请给他做个祈祷。

这四行简陋的诗句非常感动我,当时我真希望我是一个基督徒,能够给这个不知名的死者做一次祈祷。但是我不能。小时候读过王阳明的《瘗旅文》,为了那死在瘴疠之乡的主仆起过无穷的想象;这里并非瘴疠之乡,但既然同是过路人,便不自觉地起了无限的同情,觉得这个死者好像是自己的亲属,说得重一些,竟像是所有的行路人生命里的一部分。想到这里,这铭语中的后两行更语重情长了。

　　由于这块墓碣我便发生了一种从来不曾有过的兴趣:走路时总是常常注意路旁,会不会在这寂静的自然里再发现这一类的墓碣呢?人们说,事事不可强求,一强求,反倒遇不到了。但有时也有偶然的机会,在你一个愿望因为不能达到而放弃了以后,使你有一个意想不到的得获。我在那些山村和山林里自然没有再遇到第二座这样的墓碣,可是在我离开了那里又回到一个繁华的城市时,一天我在一个旧书店里乱翻,不知不觉,有一个二寸长的小册子落到我的手里了。封面上写着:"山村的墓碣。"打开一看,正是瑞士许多山村中的墓碣上的铭语,一个乡村牧师搜集的。

　　欧洲城市附近的墓园往往是很好的散步场所,那里有鲜花,有短树,墓碑上有美丽的石刻,人们尽量把死点缀得十分幽静,但墓铭多半是千篇一律的,无非是"愿你在上帝那里得到永息……"一类的话。可是这小册子里所搜集的则迥然不同了,里边到处流露出农人的朴实与幽默,他们看死的降临是无法抵制的,因此于无可奈何中也就把死写得潇洒而轻松。我很便宜地买到这本小册子,茶余饭罢,常常读给朋友们听,朋友们听了,没有一个不诧异地问:"这是真的吗?"——但是每个铭语下边都注明采集的地名。我现在还记得几段,其中有一段这样写着:

　　　　我生于波登湖畔,
　　　　我死于肚子痛。

还有一个小学教师的：

我是一个乡村教员，
鞭打了一辈子学童。

如今的人类正在大规模地死亡。在无数死者的坟墓前，有的刻上光荣的词句，有的被人说是可鄙的死亡，有的无人理会。可是瑞士的山中仍旧保持着昔日的平静，我想，那里的农民们也许还在继续着刻他们的别饶风趣的墓碣吧。有时我为了许多事，想到死的问题，在想得最严重时，很想再翻开那个小册子读一读。但它跟我许多心爱的书籍一样，尘埋在远远的北方的家乡……

身后事该怎么办?

◎廖沫沙

"身后"即"死后"的意思。这里问的是:人死之后该怎么办。

人死了,一瞑不视,万念俱消,还有什么"怎么办"的问题呢?

事实不然。他虽死了,他的身后还留有许多同他有关的人和事,首先是活着的人们该把死后的他怎么办。

人死入葬,回答可以很简单;如何葬法,却各有各的主张。在我们的历史上,就曾出现过两大派,即厚葬派和薄葬派。前者以孔子为代表,后者以墨子为代表。汉朝人写过一部书叫《淮南子·要略》,它把这两大派的发展渊源概述如下:"孔子修成康之道,述周公之训,以教七十子,使服其衣冠,修其篇籍,故儒者之学生焉。墨子学儒者之业,受孔子之术,以为其礼烦扰而不悦,厚葬靡财而贫民,服伤生而害事,故背周道而用夏政。……故节财薄葬,闲服生焉。"

孔子同墨子学说上的矛盾,当然不只是厚葬与薄葬问题,但是他们一个是厚葬靡财派,一个是薄葬节财派,倒也是事实。这两派不但有厚与薄之分,靡财(即铺张浪费)与节财之分,而且有贵与贱之分,就是剥削阶级与劳动阶级之分。一位历史学家很反对用阶级分析的观点来给古人划阶级。但是孔

子和墨子这两个古人偏不听他的话,就在厚葬与薄葬的问题上,也大讲其富贵贫贱,甚至拿王公大人来同匹夫贱人作对比。例如《墨子》书中,就残留着一段《节葬》,其中举了这两个阶级对"厚葬久丧"的看法:"此存乎王公大人有丧者,曰,棺椁必重,葬埋必厚,衣衾必多,文绣必繁,丘陇必巨。存乎匹夫贱人死者,殆竭家室。"这是说,"匹夫贱人"这类劳动者如果也想学那些剥削阶级的王公大人一样"厚葬",那就得倾家荡产。

这倒还是次要的,特别是"久丧",即家里死了人,活着的要长期守"服"。《墨子》书说:"使农夫行此,则必不能早出夜入、耕稼树艺;使百工行此,则必不能修舟车为器皿矣;使妇人行此,则必不能夙兴夜寐,纺绩织纴。"而王公大人们"久丧",不过是"不能早朝"而已。两者相对比,阶级分明。

孔子的厚葬主张,墨子的薄葬主张是各人站在各人的"阶级立场"说话,是很清楚的。

墨子还提出了相邻的民族一些薄葬的办法:"朽其肉而弃之,然后埋其骨",或者"聚柴薪而焚之",这就是火葬;他主张,即使要土葬,也只是"棺三寸,足以朽骨,衣三领,足以朽肉,掘地之深,下无菹漏,气无发泄于上,垄足以期其所,则止矣"。他还主张送葬的人"哭往哭来,反从事乎衣食之财"。送完葬,赶快回来干活、生产。他一再反对王公大人的厚葬,是"辍民之事,靡民之财"。

墨子的薄葬主张,实际是代表劳动者的丧葬观。目的是朽骨、朽肉,化除腐朽,就算完事,不要"靡财"、"辍事"。他说:"衣食者,人之生利也,然且犹尚有节;葬埋者,人之死利也,夫何独无节于此乎?"生活要讲节约,死为什么不讲点节约呢?

问题还不仅于此。"厚葬靡财"和"薄葬节财"这两派主张,除了反映阶级之分而外,还表现了唯心和唯物这两种世界观的对立。

为什么要"厚葬"?在有些人的思想中,无非是人世轮回之类的有神论在作怪。既然死而有知,还要升天堂,于是"葬埋必厚,衣衾必多",求神拜佛做道场,一切准备齐全,以为这样就会使死者能够在另外一个世界里舒舒服服地过剥削的日子。

墨子是不大相信这类的迷信的,他的"薄葬节财"的主张,自然与此有关。

南北朝时期的著名唯物主义者范缜讲得更要透彻些。他说:"神即形也,形即神也,是以形存则神存,形谢则神灭也。"既然"形谢则神灭",又何必让活着的人去"厚葬靡财"呢?

古代的一些进步的思想家,对身后之事能看得如此明白,难道我们今人还要去向剥削阶级学习"厚葬靡财"的封建迷信办法么?

死

送葬的行列

◎袁鹰

马路上蓦然起了一阵纷扰。不是由于刚从前方撤下来的伤兵坐三轮车不给钱,还殴打三轮车夫;不是由于疾驰而过的挂着星条旗的军用吉普傲然地撞倒行人;也不是为极度饥饿所驱使的瘪三抢了大饼摊上的冷大饼而被抓住……然而,路上行人停下脚步了,等电车的乘客、来去匆匆的过往行人、人力车夫、小贩、摆报摊的、擦皮鞋的,几乎忘却自己要做的事,全神贯注地朝马路当中行注目礼。小孩子更是活跃,三三两两地从这里那里聚拢来,叽叽喳喳,像麻雀似的叫个不停。那盛况,虽还比不上"夹道欢迎",但比起看猢狲出把戏,其热烈的程度是不遑多让的。

就在马路两边人们的注视下,一支送葬的行列正缓缓地经过闹市。这支队伍不算怎么长,却也并不短,是够行人停下脚步七八分钟以至十分钟之久。开头是两个扛堂灯的,那一对大灯笼上的字模糊不清,可是瞧的人肚里明白,那个模糊不清的字就是死者的姓氏,也不用多打听。堂灯后面紧跟着一班军乐队,衣冠楚楚,整齐而挺括,帽子和衣袖上全镶着黄白两色丝条,引起一些孩子们的羡慕和神往。洋鼓洋号,吹打得十分热闹,至于吹的曲子,也许很想让听众陪伴死者缅怀失去的豪华,先是一些不成腔的滥调,继之是《苏武牧羊》,待到后来快要在十字路口转弯时,则已奏起《何日君再来》了。

在军乐队后面,是一群套着绿色衣衫的孩子,就是我们通常称之为"小堂名"的。他们虽然被套上了极不合体的外衣,还加上马褂,那样子颇为滑稽可笑,但终究同死者并无关系,不过为了几个钱,同雇来的军乐队的身份是一致的,因而跳跳蹦蹦,吹打江南丝竹,喜笑颜开,脱不了流浪儿的本色。再后面的一批"龙凤吹"和掮旗打伞的角色就不同了。这些人,本来就是马路上的好汉,包括游手好闲的,聚众打架的,抽白面的,叫化子,专门靠红白喜事人家的残羹剩饭过活的,面目猥琐,形容枯槁,而他们一律套了一件早已褪了色的红绿外衣,有如我们在戏台上常见到的龙套一样,叫人一下子辨不清他们的本来面目。而那些由于风吹日晒早已褪了色露出原形的外衣,披在这些奴才和帮闲的嶙嶙的瘦骨上,就越发显得破烂不堪了。

这中间还有一顶黄龙伞,一样地褪了色的。黄龙伞是个威武、尊严的东西,煊赫得足以使人下跪叩首的,但是今天已无复往昔的架势。由一个黧黑伶仃的老汉吃力地掮着,摇摇欲坠。"小堂名"和掮旗打伞的帮闲们簇拥着,吹吹打打,懒懒散散地走了过去。

后边就是一具被抬着的棺木,棺木上最显著的是一根扎着龙头的长杠,人们叫它"独龙杠"的。"独龙杠"出典不详,也许是由于死者生前未能实现爬上龙座的美梦,才在棺材里聊以自慰吧。没有人知道这死者是谁,生平有些什么样的业绩,但无论如何,生前是位"大亨"是没有疑问的。不管他是极尽人间荣华富贵也罢,作威作福横行一方也罢,满嘴仁义道德,骨子里男盗女娼也罢,到临了总逃不脱历史老人给他安排的

下场。你看那棺材沉甸甸的,此人一定带着无穷无尽的遗憾死去。路旁观者如堵,眼神冷漠,很有点"眼看他起朱楼,眼看他宴宾客,眼看他楼塌了"的味道。

棺材后边,则是一群死者的亲属了。披麻戴孝的儿女们,"泣血稽颡"自不必说。其实,既未必"泣血",更不会"稽颡",有点悲伤和凄惶是真的,但又何尝不在那儿一边走一边默默地计算着怎样多夺点遗产呢。"静默三分钟,各自想拳经",鲁迅先生早就一针见血地揭示过谒陵英雄们的嘴脸。这些人比起中山陵前的好汉,自然等而下之,但谁能断定不是一路货色呢?

至于那帮手里拈着一支香或一条纸幡纸拂跟在后边走的吊客,就更加形形色色,众妙毕呈了。有的可能碍于死者和生者的情面,做忧戚状,煞有介事;有的却谈笑自若,同身边前后的人不断地随意交谈,好像在逛一次马路。几个小孩子畏缩而又好奇地拉扯着大人的衣裳,大概搞不清这是怎么一回事,虽然还含着一根棒头糖。

这支送葬的行列,在闹市里走得迟缓而又沉重。是受不住行人的注视呢,还是为太大的哀伤所填塞,以致他们的脚步如此蹒跚无力?那神情,就像送葬者自己也在一步一步走向墓地。那些帮闲和奴才们,虽则极尽巴结之能事,就差一点没有在鼻梁上擦一块白粉,一路上吹吹打打,哭出乌拉,犹丝毫得不到路上人的一点同情。

就这样,一对灯笼过去了,军乐队、龙凤吹、"小堂名"们过去了,捐旗打伞的过去了,棺材过去了,什么"独龙杠"、寿衣寿帽,一起全过去了,孝子孝女们过去了,一大群送葬人也过去了。远了,远了,人们渐渐散开,那意犹未足的闲人,兀自站在路边,目送那支行列。只听得隐隐约约地传来一阵军乐和丝竹各奏的声响,但已分不清奏的什么调子,到后来,连这点轻微的声音也像死人一样地断了气。

1948 年春天,沪北黑水湾

死

遗嘱

◎黄苗子

一、我已经同几位来往较多的"生前友好"有过约定,趁我们现在还活着之日起,约好一天,会做挽联的带副挽联(画一幅漫画也好),不会做挽联的带个花圈,写句纪念的话,趁我们都能亲眼看到的时候,大家拿出来欣赏一番。这比人死了才开追悼会,哗啦哗啦掉眼泪,更具有现实意义。因此,我坚决反对在我死后开什么追悼会、座谈会,更不许宣读经过上级逐层批审和家属逐字争执仍然言过其实或言不及其实的叫作什么"悼词"。否则,引用郑板桥的话:"必为厉鬼以击其脑。"

二、我死之后,如果平日反对我的人"忽发慈悲",在公共场合或宣传媒介中,大大地恭维我一番,接着就说我生前与他如何"情投意合",如何对他"推崇备至",他将誓死"继承我的遗志"等等,换句话说:即凭借我这个已经无从抗议的魂灵去伪装这个活人头上的光环。那么仍然引用郑板桥的那句话:"必为厉鬼以击其脑!"

此外,我绝不是英雄,不需要任何人愚蠢地为一个普普通通的人白流眼泪。至于对着一个普普通通的、无知无觉的尸体去嚎啕大哭或潸然流泪,则是更愚蠢的行为,奉劝诸公不要为我这样做(对着别的尸体痛哭,我管不着,不在本遗嘱之限)。如果有达观的人,碰到别人时轻松地说:"哈哈!黄苗子死了。"用这种口气宣布我已自动退出历史舞台,这是恰当的,我明白这绝不是幸灾乐祸。

三、我和所有人一样,是光着身子进入人世的,我应当合理地光着身子离开(从文明礼貌考虑,也顶多给我尸体的局部盖上一小块旧布就够了)。不能在我死时买一套新衣服穿上或把我生前最豪华的出国服装打扮起来再送进火葬场,我不容许这种身后的矫饰和浪费。顺便声明一下,我生前并不主张裸体主义。

流行的"遗体告别"仪式是下决心叫人对死者最后留下最丑印象的一种仪式。我的朋友张正宇,由于"告别"时来不及给他戴上假牙,化妆师用棉花塞在他嘴上当牙齿,这一恐怖形象深刻留在我的脑子里,至今一闭目就想起来。因此,绝对不许举行我的遗体告别,即使只让我爱人单独参加的遗体告别。

四、虽然我决不反对别人这样做,但是我不提倡死后都把尸体献给医学院,以免存货过多,解剖不及,有碍卫生。但如果医学院主动"订货"的话,我将预先答允将我的臭皮囊割爱。

五、由于活着时曾被住房问题困扰过,所以我曾专门去了解关于人死后"住房"——即骨灰盒的问题,才知道骨灰盒分三十元、六十元、七十五元……按你生前的等级办事,你当了副部长才能购买一百元一个的骨灰盒为你的骨灰安家落户,为此,我吩咐家属:预备一个放过酵母片或别的东西的空玻璃瓶,作为我临时的"寝宫"。这并不是舍不得出钱,只是因为作为一个普通的脑力劳动者,我应当把自己列于"等外"较好。

关于骨灰的处理问题,曾经和朋友们讨论过,有人主张约几位亲友,由一位长者主持,肃立在抽水马桶旁边,默哀毕,就把骨灰倒进马桶,长者扳动水箱把手,礼毕而散。有人主张和在面粉里包饺子,约亲友共同进餐,餐毕才宣布饺子里有我的骨灰,饱餐之后"你当中有我,我当中有你",倍形亲切,不亦妙哉。但有人认为骨灰是优质肥料,马桶里冲掉了太可惜。后者好是好,但世俗人会觉得"恶心"怕有人吃完要吐。为此,我吩咐我的儿子,把我那小瓶子骨灰拿到他插队的农村里,拌到猪食里喂猪,猪吃肥壮了喂人,往复循环,使它仍然为人民做点有益的贡献。此嘱。

庄周说过一个故事:子桑户、孟子反、子琴张三个人志趣相投,都能"相与于无相与、相为于无相为",于是"相视而笑,莫逆于心"地做了朋友。但不久,子桑户就死了,孔子急忙派最懂得礼节的子贡去他家帮着筹组治丧委员会。谁知孟子反、子琴张这两位生前友好,早已无拘无束地坐在死者旁边一边编帘子,一边得意地唱歌弹琴:

哎呀老桑头呀老桑头,
你倒好,你已经先返回本真
而我们却仍然留下来做人。

子贡一见吓了一跳,治丧委员会也告吹了。急忙回去找孔头汇报。姜到底是老的辣,孔子听了,不慌不忙用右手食指蘸点唾沫,在案上方方正正地画了个框框,然后指着子贡说:"懂吗?我们是干这个的——是专门给需要这一套的人搞框框的。他们这两个可了不得,一眼就识破了仁义和礼教的虚伪性,所以他们对于我们这些圈套都不屑一笑。不过你放心,人类最大的弱点是懒,世世代代安于在我们的圈套里面睡大觉。而这些肯用脑子去想,去打破框框套套的人,却被人目为离经叛道,指为不走正路的二流子、无事生非的傻瓜。他们的道理在很长时期仍将为正统派所排摈的。子贡,放心吧,我们捧的是铁饭碗,明儿个鲁国的权贵阳货、季桓子、孟献子他们死了,还得派你去组织治丧委员会。因为再也没有像我们孔家的人那样熟悉礼制的了。"(大意采自《庄子·大宗师》)

以上的故事讲完,想到自己虽然身子骨还硬朗,但人到了七十岁,也就是应当留下几句话的时候了,于是写《遗嘱》。

安乐死断想

◎史铁生

首先我认为,用人为的方法结束植物人的生命,并不在"安乐死"的范畴之内,因为植物人已经丧失意识,已无从体尝任何痛苦和安乐。安乐死是对有意识的人而言的,其定义是:患不治之症的病人在危重濒死状态时,由于精神和躯体的极端痛苦,在病人或亲友的要求下,经过医生的认可,用人为的方法使病人在无痛苦状态下度过死亡阶段而终结生命全过程(引自《安乐死》第15页)。

在弄清一件事是否符合人道主义之前,有必要弄清什么是人?给人下一个定义是件很复杂的事,但人与其他东西的区别却是显而易见的:人是这星球下唯一有意识的生命。(《辞海》上说,意识是"人所特有的"。)有意识当然不是指有神经反射或仅仅能够完成条件反射,而是指有精神活动因而能够创造生活和享受生活。而植物人是没有意识的。那么植物人还是人吗?这样问未免太残酷,甚至比听说人是猴变的还要感觉残酷。但面对这残酷的事实科学显然不能回避,而是要问:既然如此,我们仍要对植物人实行人道主义的理由何在?我想,那是因为我们记得:每一个植物人在成为植物人之前都是骄傲的可敬可爱的堂堂正正的人。正因为我们深刻地记得这一点,我们才不能容忍他们有朝一日像一株株植物似的任人摆布而丧失尊严。与其让他们无辜地,在无法表达自己的意愿无从行使自己的权利的状态下屈辱地呼吸,不如帮他们凛然并庄严地结束。我认为这才是对他们以往人格的尊重,因而这才是人道。

当然,植物人也已无从体尝人道。事实上,一切所谓人道都是对我们这些活人(有意识的人)而言的。我们哀悼死者是出于我们感情的需要,不允许人们有这种感情是不人道的。我们为死者穿上整齐的衣服并在其墓前立一块碑,我们实际是在为包括我们在内的人类唱支赞歌。人是不能混同于其他东西的,因而要有一个更为庄严的结束;让我们混同于其他东西是不人道的。让一个人仅仅开动着消化、循环和呼吸系统而没有自己的意志,不仅是袖手旁观他的被侮辱,而且是对我们所有人的自由和尊严的严重威胁,所以是不人道的,那么,让一个实际已经告别了人生的植物人妨碍着人们(譬如植物人的亲属)的精神的全面实现,使他们陷于(很可能是漫长的)痛苦,并毫无意义地争夺他们的物质财富,这难道是人道吗?当然不。

总之,人为地结束植物人的生命无疑是人道的。至于如何甄别植物人,这不是道德问题而是技术问题,技术的不完善只说明应该加紧研究,并不说明其他。

真正值得探讨的是(符合前述定义的)"安乐死"是否人道,是否应该施行?

譬如,一个人到了癌症晚期,虽然他还有意识,但这意识刚够他受尽精神和肉体的折磨,除此之外他只是在等死,完全无望继续创造生活和享受生活了。这时候他有没有权利要求提前死去?医生和法律应不应该帮助他实现这最后的愿望?

我说他有这个权利,医生和法律也应该帮助他实现这一愿望。反对这样做的唯一似乎站得住脚的理由是:医学是不断发展的,什么人也不能断定,今天不能治愈的疾病在今后也不能治愈。保证他存活,是等待救治他的机会到来的最重要前提;而且只有这样才能促进医学的发展而造福于后人。但是首先,如果医学的发展竟以一个无辜者的巨大痛苦为前提,并且不顾他自己的权利与愿望,这又与法西斯拿人来做试验有什么两样呢?法西斯的上述行为不是也使医学有过发展吗?看来,以促进医学发展为由反对安乐死是站不住脚的,这是舍本求末,丢弃了医学的最高原则人道主义。况且,医学新技术完全可以靠动物试验而得以发展,只有在这新技术接近完善之时才能用之于人,绝不可想象让一个身患绝症的濒死的人受尽折磨,而只是为了等待一项八字还没一撇的医学新技术。其次,医学的发展确实是难以预料的,有时一个偶然的机会也许就能使绝症出现转机。这又怎么办呢?一边是百分之九十九的无可救药,一边是百分之一的对偶然的企盼。我想,所以安乐死的施行第一要紧的是尊重患者本人的意愿。科学不能以偶然为依据,但科学承认偶然的存在。医生把情况向患者讲明,之后,患者的意愿就是上帝,他宁愿等待偶然或宁愿不等待偶然,我们都该听命于他。当然,如果他甘愿忍受痛苦而为医学的发展做出贡献,他理应受到人们加倍的尊敬。但这绝不等于说别人可以强迫他这样做。

另外我想,安乐死的施行,会逼迫人们更注重疾病的早期防治与研究。如果能把维持无望治愈者暂时存活的人力物力,用于早期患者的防治上,效果肯定会更好。

据说,发生过极少数"植物人"苏醒的病例。但这除了说明有极少数误诊之外还能说明什么呢？一项正确的措施显然不能因为极少数例外或失误而取消,因噎废食差不多是最愚蠢的行为。难道我们真要看到盒中的每一根火柴都能划着,才敢相信这是一盒值得买下来的火柴吗？倘如此,人类将无所作为,只配等死,因为现行的很多诊断和治疗方法,都有着被科学和法律所允许的致死率。甚至在交通事故如此频繁发生的今天,也没有哪个正常人想到要把自己锁在家里。

"只要是生命,就应该无条件地让它存活下去,这才人道。这才体现出一个社会的进步程度。"这样的观点就更糊涂,糊涂到竟未弄清人与某种被饲养物的区别。人是不能无条件活着的,譬如,不能没有尊严。人也是不能允许其他东西无条件地活着,譬如,当老鼠掠夺你的口粮的时候。而且我们倡导人道,并不是为了体现出社会的进步,而是为了所有的人生活得更美好,如果人道主义日益发达,人们生活得日益美好,那么体不体现出社会的进步就不是一件需要焦虑的事了。

"重残"、"严重缺陷"、"智力缺陷"、"畸形儿",就施行安乐死来说,这些都不是严格的标准。我想,无论有何种残疾或缺陷,只要其丧失了创造生活的能力(譬如完全不能动也不能说话的人),或丧失了享受生活的能力(譬如彻底的白痴和植物人),那么,他就有权享受安乐死,人为地终止其生命就都是人道的。但是,一个虽无创造生活的能力但还有享受生活能力的人,只要他愿意,他就有继续生存的权利,社会也就有赡养他的义务。(享受生活,是指能够从生活中获取幸福和快乐,而不是单指能吃喝拉撒睡却对此毫无感受者。)

对初生的重残儿童怎么办？一个无辜的儿童来到这世界上,而且他注定要有一个比常人百倍严酷的人生,对于这样的

儿童我们应该为他们做些什么？我觉得对他们施行安乐死的标准应该放得更宽些，我们何必不让这些注定要备受折磨的灵魂回去，而让一些更幸运的孩子来呢？这本不是太复杂的事呀。我从感情上觉得应该这样做，但从理性上我找不到可以信服的理由支持这样做。我知道感情是不能代替科学和法律的。这是件非常令人沮丧和遗憾的事。我希望人们终于有一天能够找到一个办法，至少使所有的人一来到这个世界上，就都站在一条平等的起跑线上，尽管他们前面的人生仍然布满着坎坷与艰难。

安乐死还有"积极安乐死"和"消极安乐死"之分。前者指在医生的指导和监督下，用药物结束患者的生命。后者指撤除对患者的一切治疗，使其自行死亡。我以为很明显，前者是更为人道的。因为，当已经确定应该对某人施行安乐死之后，哪种方法更能减少其死亡过程中的痛苦，哪种方法就是最人道的。

还有"自愿安乐死"和"非自愿安乐死"之分。前者是指本人要求安乐死，或对安乐死表示过同意。后者是指那些对安乐死已不能有所表示的人，和以往也不曾对安乐死有过确定态度或干脆是持反对态度的人。对前者施行安乐死，显然是无可非议了。那么对后者呢？对那些对安乐死不曾表示过确定态度的人，或许他的亲朋好友还可以代他做出选择。但是，对那些反对安乐死而又譬如说成了植物人的人，又当如何呢？真是不知道了。就像不知道一个无罪者的行为既不能利己又损害了他人，面对这种局面人们应该怎么办？这值得研究。

不过我想，如果使每一个人在其健康时都有机会表明自己对安乐死的态度，则肯定是有益的。而且我相信，随着人们生命观念的日益进步,反对安乐死的人会越来越少。

还有"自杀安乐死"和"助杀安乐死"之分。前者是说,确认了一个符合安乐死的标准,但是医生(或其他人)不予帮助,死的手段由其自己去找。后者是说,医生(或其他人)为其提供死之手段并帮助其施行。我觉得前者除了像拿人开心之外,别的什么都不像。

现在从《安乐死》一书中引一段文字:"1961年9月的一天,英国'圣克里斯托弗安息所'的花园林荫小道上,一位中年男子和一位年轻的女子,推着手推车慢慢行走。手推车上半躺着一位老人,脸色苍白,十分清瘦,看上去就是一位重病人,这一男一女一边推着车,一边与老人轻轻交谈。他们像是父子,像是祖孙,老人不时地被小辈的话语所打动,轻轻地点头,时而也做做手势,表达自己的意思。明媚的阳光照在老人的脸上,给他十分苍白的脸上增加几分精神。老人神情安逸,心绪稳定。"

"其实他们是医生、护士和病人。老人已患晚期肿瘤,即将离开人世。医生和护士坦然地与老人一起讨论'死',讨论'如何无痛苦地死',讨论'死给你带来的感觉',讨论'死是不可避免的自然规律',讨论'应有选择死亡的权利'等等。""这是目前在西欧、北美国家大量存在的安息所。它是60年代后出现的医疗保健系统中的一种新形式,旨在使临终的病人在生命的最后日子里得到很好的照顾。"这也是安乐死的一项内容,甚至可能是最为重要的一项内容。如果我们国家还没有这样的条件,那么像《中国残疾人》和《三月风》也许就应该担当起这样的职责,使人们对生和死有更为科学的认识,更为镇静和坦然的态度。

以上是我对安乐死的一些看法,肯定有很多毛病和错误。我非常感谢《中国残疾人》杂志辟出版面开展这样的讨论。我也非常感谢他们给我说出上述观点的机会,以便有一天我不幸成了只能浪费氧气、粮食和药品的人,那时候,人们能够知道我对此所持的态度,并仁慈地赐我一个好死。

再从《安乐死》一书上引一段话,作为此文的结尾:"1976年在日本东京举行了一次'安乐死国际会议',其宣言中强调,应尊重人'生的意义'和'庄严的死'。这样的提法究竟能够为多少人接受,眼下还难以确定,但把人的生死权利相提并论,至少可以说标志着人类对自己生命意义的认识进入到了一个新阶段。"

死·讣文·墓碑

◎吴鲁芹

未知死所先期死,自笑狂生老更狂。

——王实之句

一

一位谐星说,他每天起床之前,总先看一看当天报纸的讣闻版,如果他的讣告已经跃然纸上,他就不必多此一举,跃然而起了。一本正经的人要说这是不合逻辑的:"他还活着能看报,怎会已经有人泣血顿首,哀此讣闻?"当然不合逻辑;事事讲逻辑,科学家有饭吃,谐星就不能混了。我引这位谐星的趣话,并非为了讨论他合不合逻辑,而是因为我近年来也是颇为注意讣闻版的读者——近乎是"同好"了。区别在这位谐星未免过于"自我中心",我倒是只关心别人——怎么死的?多大年纪?若是熟人或者朋友,又不免感叹:何以总是先死好人?

其实好人先死,先死好人,也只是我们的偏见和宽容,坏人也并不都长寿。而且遇到好坏参半的人物,活着的时候,我们对他的行径可能还不无微词,等到他两脚一伸,立刻就从优抚恤,把他升格到好人了。就同勋业并不彪炳的武人,生前人

缘不恶，加上层峰大量，叨光个把"追赠陆军上将中将"之类，也都是我们对死者的一种宽容。就连今天我们生活在相当野蛮的文明社会，遇到出丧的行列，两旁的路人也往往肃立，算是对死者的最后一点敬意。人之异于禽兽者几希，至少在这方面还颇有区别的，因此难怪总账上流芳百世的大好人远超过遗臭万年的大坏蛋。至于生前死后都默默无闻的，好坏更相差无几，我们的习惯是更高抬贵手、更大方，这和过了大年夜不再追债一样，都是美德。

说起注意报上的讣闻版，确是近几年的事。我常说"甚矣吾衰矣"的象征，除了韩昌黎所感叹的："而视茫茫，而发苍苍，而齿牙动摇"以外，应该加一条"开始注意讣告"。一位前辈先生曾说他认识的鬼已多于认识的人了，这可能是实情。就连我这样渐近花甲之年的人，近十年中已经"忍看朋辈成新鬼"很多次了，年登大耄的叹故交零落，自然更是意料中之事。所以注意讣告，就像受义务教育的小学升中学，几乎是循序渐进的自然发展，不需要督促努力就能养成的习惯。

当然讣闻有长有短。似乎西方报纸对这一方面的篇幅并不吝啬，无奕奕之名的人，也往往可以占数行之地，并不一定要靠出钱登广告，才能使得乡谊戚谊寅谊一体周知。内容之详略当然要看死者的地位成就，但是无论智愚贤不肖，有几点基本事实必须交代清楚，如他是怎么死的？享寿几何？我注意讣闻，固然是关心熟人中有无"又弱一个"的坏消息，但是我交游并不广，毕竟不会天天有熟人福寿全归。而读讣闻既成习惯，不但对讣闻的文字好坏要品评，对内容的某些项目也逐渐引起好奇心。最令我发生好奇心的是死因。

一个人怎么死,想必也是注定的命运,但是偏偏有人生来有福气,死得也有福气。我指的是那些在睡梦中断气的人。他们可能头一晚安然就寝时还虎虎有生气,到了天亮就已经冷冰冰羽化而登仙了。这种人真是绝顶有福之人,既不受病榻缠绵之苦,亦不必劳役家人的辛苦伺奉,又免掉了群医挖空心思抢救,到最后还是束手无策的伤心过程。这种死法是于己方便于人方便的头等死法。凡是头等的东西都是可遇而不可求的,所以只有心向往之的分。有一次一位洋朋友讲起电影明星寇克·道格拉斯碰到心情上极为失望沮丧的时候,就对镜自言:"寇克,你真了不起!"问我如何打发类似的心情,我说我没有那么积极与自信。我只是在第二天凌晨醒来时埋怨一声:"哎呀!怎么又醒了!"(Oh, no, not again!)这无助于原有的失望沮丧,实在是近乎火上加油了。但亦可见我对头等死法神往的程度是相当深的。

　　次一等的死法也还于人方便于己方便的是脑溢血心脏病之类,当场昏厥,就不再醒过来。像某学者周旋于大德高僧之间,方谈笑而风生,忽倒地而不起。又像某前辈先生,在议场中舌战群猪,见群猪冥顽不灵,无理可喻,一气而卒。又像某老者在牌桌上自摸清一色嵌二筒,两眼发直,也像二筒,乐不可支,大笑而亡,都属于这一类。我有两位朋友,就死于脑溢血与心脏病,虽然噩耗突如其来,使得我们后死者惊痛到招架不住,但是为他们着想,既然非撒手不可,如此撒手,还是善终中的上乘。等而下之的就是病一段时间,群医束手,从容而去,亲人也赶得上随侍在侧。更等而下之的是经年累月缠绵病榻,弄到"久病使人厌"的程度。最后是老人家总算走了,大家喘口气,如释重负。

二

"生死亦大矣！"连至圣先师都不敢谈，何况等闲之辈？但是说说"贪生怕死，人之常情"这类话，大约并不冒多大风险。人若不贪生，我们哪里会有今天行尸走肉遍地皆是的现象。我自己就是一名贪生的动物。平时虽不烧香，但是置身两万尺以上的高空，飞机忽然动荡不安，也不免默祷诸神来救他们的信徒子孙时，顺手带我一把。这当然是没出息的行径，和假公济私、夫以妻贵一样是左道旁门。贪生本来就是没出息的勾当，否则成仁就义也就不值得怎么大书特书了。

大约有两种人对死无所惧，一种是虽千万人吾往矣的大智大勇之辈，泰山鸿毛的取舍，胸有成竹，毫不犹豫。另一种是相信佛教中所说的轮回。从前罪犯绑赴刑场，验明正身，一枪或者一刀毙命之前，往往大叫"二十年后又是一条好汉"，一定也是相信有轮回这么一回事。其实佛教的轮回，一如今天办出国或者移民，手续恐怕也是相当麻烦的。罪犯大约是饥不择食，对轮回手续并未加以深究，借这项理论像夜行吹口哨壮壮胆而已。

另外还有一种不可一世的人物，不但生平旁若无人，对死的看法还旁若无"主"。邱吉尔在七十五岁生日的时候，有人问他怕不怕死，邱吉尔说："我已经准备去见上帝，但是上帝是否已经准备忍受见到我的那种磨折，是另外一回事。"凡是自以为阎王也要让他三分的人，准享大寿。像武可以运筹韬略，文可以下笔动天地泣鬼神的邱某那样，一定不会时时戚戚然，以为死之将至。他相信阎王遣小鬼到阳间来擒拿他，下令之前,必然会踌躇者再,一拖又是十年,一拖又是十年。这种人是有福的,不管他在世之时是人杰、人豪,还是人渣、人妖(后两类我们也是可以"呼之欲出"的)。

没有这种福气的,糊里糊涂地来了,也糊里糊涂地去了。碰到写讣闻的笔下留情,美言两句,有时居然相当体面。当然他已经看不见了。真能如那一位谐星所说的找自己的讣闻,而又找到了,我想十九要哑然失笑的。写讣闻虽小道,但是下笔的人毕竟是第三者,死无对证也就过去了。若死讯竟然是以讹传讹,当事人尚在人间,目睹一生事迹,支离破碎,小不检点的行迹,多承曲意维护,几乎离"完人"亦不远矣,难免要啼笑皆非的。有这种经验的人不多,好像海明威是其中之一,这种乐趣大约和三十多年前杜鲁门当选总统,拿了一份印下"杜威击败杜鲁门"大标题的报纸示人,不相上下。

三

墓碑之为物,原是一种标志,相当于"户口名牌"。供以后祭扫之人,或者"今日飘蓬过此坟"的朋友,可以按着区域编号,到墓前凭吊行礼。若为实际需要,刻上(长眠此处地下者)某某人就够了。但是,不行!一个婴儿呱呱坠地,不管父母多高贵,自己总是赤条条地一丝不挂,未见有穿绸缎来投胎的。好歹在人间混了数十寒暑,心就狠了,好像直截了当的"某某先生之墓",就不够体面,一如没有学历、没有官衔的白丁。做子孙的本着"慎终追远"的古训,不免要花点钱找一位能文之士,作一篇墓志,美化一番,似乎光禄大夫某某公之墓、某某孺人之墓等等,比光秃秃地直书其名响亮得多。可怜某某孺人,

死

也不过是小小七品官某编修之妻而已,值不得生前印在名片上,死后刻在石碑上光宗耀祖的。

外国的墓碑,似乎比我们华夏之邦简单得多,也有在姓名生死年月日以外,加一两句废话的,多半是出自遗孀或者哀子哀女的口吻,说你是"忠贞的丈夫",或者"爱子女无微不至的爸爸"之类。有位爱说俏皮话的朋友说,这是外国人讲求实际的地方,因为墓碑是过了时的广告,所宣扬的货色,工厂里已经不再生产了,在这上面做文章未免徒劳。

虽然"卧龙跃马终黄土";官儿大了,死后得有点场面;一抔黄土,就显得寒伧。离我住处不远的阿灵吞国家公墓中,故总统甘乃迪和一些上将们所占的"死存空间"和士兵们的安息之所就不能比了,听说韩战与越战中阵亡的阿兵哥,因为公墓中地少僧多,棺材是站着埋下去的,我希望这是谣言,否则站着多累!怎么能安息?怎么能长眠?人的确是相当麻烦的动物,活着要三房二厅,死了一抔黄土,还心有不甘,做子孙的似乎也不希望先人之墓太局促。当然在墓地的局面上最能发挥"慎终追远"精神的,要数菲律宾的华侨。那种堂皇是举世稀有的。

人总不免一死,尤其是上了年纪的人,机会更接近。写诗如写格言的郎佛罗有句云:"青年人可能死,老年人就非死不可!"口气和我们"老而不死是为贼"如出一辙。记得小时候有些亲戚不过五十出头,就忙着找风水先生看墓地,制寿材了。现在时异境迁,好像六十七十都不算老了,但是出售墓地的广告,是时常收到的。总之已经有人为你未雨绸缪了。

剩下的就是头等死法,还是二三等或者更等而下之死法。然而那往往是身不由主的。唯一可做主的是和后人商量好,或者在遗嘱上明文规定:墓碑上除姓名生死年月日之外,少说废话,墓地不超过多少平方尺,够长眠即可,立正站着不行。说起墓碑,不免想起十几年前在一洋诗人处吃晚饭,在座的有一位从英国来的青年诗人、一位戏剧家、一位精神病医生和那位精神上似乎颇有点病相的太太。话题不知怎么扯到墓碑的字句上去了。饭后的游戏就成为各人自制墓碑一块,以垂永久。这当然不如我们行酒令、打诗谜那样喜气洋洋,气氛是颇有点惨惨戚戚的。诗人戏剧家都是能文之士。有的是口占一绝,有的是引古人诗一节。精神病医师的太太字句是:"我死不瞑目,因为他说他把别人都治好了的。"我是俗人,而且是反对在墓碑上多加废话的,但是姓名生死年月之外,一片空白,与游戏规则不合;最后乃诌出自认为颇为得体的一句:"此处躺着的某某,对他什么形容词都不需要。"(Here lies, for whom no adjective is necessary.)

事隔若干年,我又遇到其中的一位,在"乍见翻疑梦,相惊各问年"寒暄一番之后,他忽然想起:"对了,你是什么形容词都不需要的人。"我乃告诉他阎王遣小鬼到阳间擒拿,一如贵国联邦调查局缉凶,特别注意逃犯的特征。可以用形容词,就是有了特征,就容易落网了。我之能逍遥自在,苟延残喘到如今,说不定就得力于此。

死

酒铺关门，我就走

◎刘绍铭

"酒铺关门，我就走。"(When the pub closes, I go.)语出丘吉尔。说得轻松极了，直比徐志摩再别康桥，不带走一片云彩的潇洒。

此语是文曲星下凡的英国政治家对死亡的看法。把人生看作酒铺，营业时分，对酒当歌。如有软玉温香，不妨抱个满怀，但到了钟点，虽然不心甘情愿，却不能赖着不走。

我国诗词，有把人生喻为逆旅者。"生如寄，死如归"意境相似，但与有皓腕当垆酤杜康的店铺相比，茅店的岁月，略见凄凉而已。

死亡既是人生的大限，丘吉尔除了以平常心处之，其实亦无他法可想。等到酒铺打烊，才依依不舍离开？可见人生值得眷恋的地方，着实不少。可是酒客中，说不定有人身染顽疾或有其他痛不欲生的原因，极希望早点离开。

对这类人说来，丘吉尔的话，一点也不洒脱。以常理言，一般人因身染恶疾或政治迫害，觉得肉体再不堪折磨、精神再承受不了凌迟时，生无可恋，但求及早解脱。

匈牙利裔的美国病理学家杰克·克沃尔基过去两三年，在美国中西部扮演的，就是帮助酒铺中"痛不欲生"的客人早点脱离苦海的角色，因此有"白无常医生"之誉。在电视曾看过他被警察捉捉放放多次。此医者作业之富争议性,由此可见。以法律言之,他是帮凶从犯。在求解脱的病人看来,他无疑是——也够讽刺的了——夺命恩人。

帮助别人"安乐死",算不算犯罪行为?别的国家我不知道,但就美国而论,这将像堕胎法案一样,永无休止地争论下去。甲州认为人道的措施,乙州却肯定是野蛮行为。因为不论是自戕或堕胎,都人命攸关,涉及的层次除法律外还附带宗教的情意和个人道德的感应。这也是说,情绪化得很。

美国宗教狂热分子,为了防止杀婴(堕胎),往往不惜采取暴力手段,就是这个原因。枪杀给未婚妈妈动手术医生的凶手,在电视前总显得那么大义凛然、有理不让人,受的正是这种狂热的使命感所驱使。未婚妈妈当以此自辩:拿掉的是我的血肉,冒风险的是我的身体,堕胎是我个人的决定,干卿底事?此话听来言之成理,其实不然。胎儿虽未出生,但也是生命。天主教视男生手淫为罪行,想必是因为精子也算生命。

如果我们明白美国有些人爱把人权作这种"理论"性解释的习惯,就不难了解他们跟亚洲国家谈判时,动不动就把"人权"挂在嘴边。是不是狗咬耗子?当然是。但至少我们得弄清楚这种多管闲事作风的文化背景。再说,政客把人权作口头禅,一半是自我满足,一半是说给选民听。

阅报得知美国俄勒冈州最近通过了安乐死法案,赞成者的票数虽然仅比反对票略多几票,但还算通过了。投票的居民,绝大多数该是神志清醒、身体健康的吧。呃,他们居然赞成安乐死,这一迹象,或可说明,在痛苦的现实面前,套在理论架构上的"人权",有点站不住脚。

在癌症、艾滋病或痴呆症肆虐的今天,美国人即使自己和

家人有幸，不受煎熬，但很可能亲友中有人染此不治之症。如果他们多到医院去探望绝症朋友几次，说不定会修改自己的"人权"观念，跟彼德·雷纳站同一阵线。

雷纳是英国人，今年六十一岁，自1981年开始就不能独自站立，不能在床上翻身。现在只有部分视力，大小便失禁，不能自己梳洗、穿衣、进食。他患的是多发性硬化症，缠绵了二十六年，往后还会继续恶化。他曾多次考虑自杀，但力不从心。而且，正如他所说：

> 纵使有人提出这样帮我，我得表示拒绝，否则便会使他们牵连入刑事罪行中。

他过的生活，真是猫狗不如，因为即便是动物若染恶疾受苦，主人一定会人道处决。

雷纳的病例，取自英国，但痛苦的心声是无国界无种族的：

> 我对那些不惜一切维护生命的人感到十分愤怒。我希望能从那运动中找一个人出来，要他坐在我的轮椅上，蒙着眼睛、双手捆绑，然后不准他上厕所。这样过几个星期的话，我肯定他们再不会以同样的坚定信念来说话。

俄勒冈州的居民不一定知道雷纳病例，但类似的例子，应有所闻。听多了，会感同身受。安乐死虽以安乐为名，听来还是鬼气森森，不是茶余酒后的题目。但上列几个世纪绝症，的确教人产生了"昔日戏言身后事，今朝都到眼前来"的恐惧。难怪前几年出版的《大解脱》(Final Exit)一度成为畅销书。

既然说过安乐死，应该一提"偷生"之重要。前两年看文洁若回忆录，知萧乾老先生在"文革"时受尽红卫兵凌辱之余，曾接触电线自杀过。只因是一介书生,手脚做得不干净,有惊无险。要是他当年死了,就不能跟夫人合作翻译《尤利西斯》了。如非恶疾缠绵,每个人都应等到酒铺关门才引退。萧老今天看到魔头们先后归西,应知老天爷的眼睛没有全瞎,更应庆幸自己当时笨手笨脚,没有枉送性命。

敬 启

因为某些技术上的原因,致使本书的个别作者尚未能联络上。敬请见书后,即与责任编辑联系,以便我们及时奉上样书与薄酬,并敬请见谅。